ESTRELLAS

alta Mar

Bruño

CONCHA LÓPEZ NARVÁEZ

«Premio Lazarillo» 1985
«Premio CCEI» 1987 y 1990
Lista de Honor del IBBY
finalista «Premio Nacional»
y nominada para el «Premio Andersen»

El tiempo y la promesa

Ilustración
Juan Ramón ALONSO

Directora de la colección
Trini Marull

Diseño de cubierta
Emilio Rebull

ISBN: 84-216-2558-6
Depósito legal: M-29.973-94
Impresión: Gráficas Rógar, S.A.
Printed in Spain.

El tiempo y la promesa

para ti...

La historia de un país forma parte de su patrimonio. Conociendo el pasado, asumiéndolo, se puede comprender el presente y quizás mejorar el futuro. Pero la historia no es una suma de nombres y fechas. La historia es vida, y por tanto es emoción, aventura, alegría, tristeza... Recreando la historia, viven de nuevo los que ya murieron.

Precisamente eso intento con esta novela. Si consigo que tú sientas correr la vida por entre sus páginas, estaré del todo satisfecha.

A Ignacio de MEDRANO, editor y amigo,
que siempre está cuando se le necesita.

1 ¿Quién está en el tejado?

¡QUÉ contentos bajaban del monte! Cualquier cosa les hacía reír: que Juan tropezara, que Isaac creyera que un perro famélico era un lobo hambriento, que Fernando se hiciera tres cruces porque una corneja gritó cinco veces, y el cinco daba mala suerte, según decía él... Reían por nada, era por simplezas.

Cuando la ladera se volvió suave, Juan se echó a rodar por el monte abajo, lo mismo que un mozo pequeño. Isaac extendió los brazos y bajó agitándolos, como si volara.

—¡Allá voy! —les gritó Fernando y corrió a galope suelto, igual que un caballo que perdió las riendas.

Y después, sentados al pie de un arroyo que iba crecido con aguas de marzo, otra vez dejaron las risas libres al viento.

Reían sin saber por qué, aunque había un motivo que no percibían: tenían quince años, y la primavera ya estaba apuntando en el aire azul, en una violeta, en el vuelo alegre de las golondrinas...

De vuelta a Vitoria cantaban a gritos:

> *«¡Abenámar, Abenámar,*
> *moro de la morería,*
> *el día que tú naciste*
> *grandes señales había!*
> *Estaba la mar en calma;*
> *la luna estaba crecida;*
> *moro que en tal signo nace*
> *no debe decir mentira.*
> *.............................»*

Por aquel entonces las canciones moriscas eran cosas de todos los días, porque apenas terminaba marzo, y en enero los señores reyes Isabel y Fernando habían tomado Granada.

Entrando en Vitoria aún seguían gritando:

—¡¡Estaba la mar en calma!!

—¡¡La luna estaba crecida!!

—¡¡Moro que en tal signo nace!!

—¡¡¡No debe decir mentira!!!

—¡¡¡No debe decir mentira!!!

—¡¡¡No debe decir mentira!!!

Cada vez más alto. Primero uno a uno y después los

tres juntos, y a pleno pulmón. Sonaba igual que campanas tocando a rebato.

¡¡¡No debe decir mentira!!!

Estaban contentos y les divertía quebrar el silencio de la atardecida.

Al oír sus voces, un perro ladró, corrió una gallina buscando refugio y un milano que andaba de robos entre los polluelos, escapó sin presa, chillando de miedo.

Isaac, Fernando y Juan otra vez rieron.

—¡Alborotadores! —gritó una vecina; después se abrió una ventana.

—¡Cuidado, agua viene! —les alertó Juan, saltando hacia un lado.

—Somos como el trueno —rió Fernando.

Entrando en la rúa de Pinturerías, reían los tres juntos. De pronto Juan detuvo sus pasos, se puso un dedo en los labios, pidiendo silencio, y elevó la vista.

—¿Qué hará ese malandrín en nuestro tejado? Mirando está por la chimenea. ¿Qué tendrá de extraño nuestra chimenea? —susurró con cara de asombro.

Pero sus amigos no le respondieron. En unos instantes ya estaban trepando, de un balcón a otro, hacia el tejado, porque aquel malandrín era Francisco de Toledo, un muchacho torvo, pendenciero y enredador, con el que tenían algunas cuentas pendientes.

Con tanta atención miraba el mozo por la chimenea que no se apercibió de que estaban cerca, hasta que no los tuvo a dos o tres pasos. Se sobresaltó al oír sus voces.

—¿Qué haces en tejado ajeno, gato de dos patas? —le gritó Fernando.

—Pues eso, es el gato —balbuceó Francisco con el rostro rojo— el gato, que se me escapó y subí en su busca.

—Y ¿dónde está ahora ese gato tuyo? —preguntó Isaac.

—Buscándolo estaba. Temo que cayera por la chimenea.

—Entonces baja tú por él —le dijo Fernando, haciendo ademán de empujar su cuerpo.

Francisco de Toledo, creyendo que iba a cumplir lo que decía, saltó del tejado, de cualquier manera, sin poner cuidado.

Se habría hecho daño si Juan, que estaba debajo, no hubiera extendido los brazos para sostenerlo.

Francisco, que era mal pensado por naturaleza, creyó que quería apresarlo, y se defendió con uñas y dientes. Y mientras pegaba, gritaba furioso algo muy extraño:

—¡Judío, judío, judío!

Juan se sorprendió; aquel malandrín era una fiera, y además debía estar loco.

—¡Judío soy, por cierto! Hijo de judíos, nieto de ju-

díos; hasta los profetas llega mi linaje, y de ello me precio —exclamó Isaac saltando del tejado al suelo.

—Ahora lo decía por él —dijo el mozo señalando a Juan—. Sí, judío, tú, Juan Sánchez de Ávila, y judía toda tu familia. Traidores y falsos, que en secreto llamáis a Yahvé y os mofáis de Cristo y Santa María —gritaba Francisco, extendiendo un dedo como si acusara.

Juan lo miró con ojos de asombro.

—¿Yo, judío? Desvarías, necio, que yo soy cristiano desde que nací, y cristiana es toda mi familia desde que a estos reinos llegó Santiago. No hay nada en mi casa que huela a judíos.

Francisco de Toledo comenzó a correr. Corriendo reía. Su risa sonaba a burla y desprecio:

—¡Judío, judío! ¿Te gusta la anguila o prefieres liebre? (1).

Juan lo contemplaba con ojos de búho. ¿Se habría vuelto loco?

También con ojos de búho miró a sus amigos:

—Y ¿por qué ese necio me llama judío?

Fernando encogió los hombros:

---

(1) A los judíos les están prohibidos algunos alimentos, entre ellos la anguila y la liebre.

—Habla por hablar, para molestarte, ya sabes que es un mozo raro.

Isaac miraba a lo lejos:

—Habla por hablar —repitió en voz baja.

Pero Juan pensó que voz y mirada parecían extrañas. Quería saber cuál era el motivo. Quizás se hubiera enojado porque aquel Francisco dijera «judío» igual que un insulto.

Isaac ya estaba tomando la calle hacia abajo.

—Isaac, espérate un poco —le rogó.

—No puedo, el sol se está hundiendo detrás de las nubes, si no me doy prisa, el Sabbath (1) habrá comenzado cuando llegue a casa.

Juan miró a Fernando.

—¿Qué haría ese Francisco en nuestro tejado? —preguntó otra vez.

Fernando se puso un dedo en la frente y le dio tres vueltas:

—¡Bah!, no le hagas caso, está loco. No buscaba al gato, buscaba su razón perdida —dijo despidiéndose.

Pero Juan aún se quedó un poco sin entrar en casa. Pensaba:

—«¿Anguila o liebre?» Nunca había comido ni una ni otra. «¿Judío?» Igual que un insulto. ¿Lo diría sólo

(1) La fiesta del sábado comienza el viernes cuando el sol se oculta.

por vulgar enfado? ¿Por qué miraría por la chimenea? Si en la chimenea no se veía nada, si allí todo estaba oscuro. Por el orificio que daba al tejado salían humos y olía a comida. Por más que pensaba no podía entenderlo, porque eso del gato era una simpleza más grande que la copa de una vieja encina.

Cuando entró en su casa aquellos pensamientos todavía le daban vueltas en la cabeza. Su madre se volvió al oírlo, y le sonrió. Estaba guisando habas y espinacas. Comida de día de Cuaresma.

Juan se sentó a la mesa.

—¿Y padre? —preguntó.

—Abajo, en el sótano, le llegaron fardos con paños de Flandes.

—Madre, a ese mozo bobo, Francisco, el hijo de nuestra vecina, lo hallé en el tejado. Miraba por la chimenea. Me dijo, el muy necio, que escapó su gato y subió a buscarlo. Pero no había gato y le hicimos burla; como se enojó, me llamó judío, a mí y a nuestra familia, y también me dijo que si prefería guisado de anguila o de liebre. Y hablando de ello, madre, yo nunca he comido una cosa u otra. ¿Cuándo me adereza un guisado sabroso?

De pronto a su madre se le fue el color, lo miró un momento con ojos turbados y salió deprisa. Sus labios temblaban.

Juan la vio marchar sin entender nada. La cabeza le empezó a dar vueltas. ¿Ahora, qué ocurría? ¿A su madre, qué podía pasarle? ¿Por qué las mentiras de un muchacho necio la alteraban tanto?

2 Hoy es un gran día

SU madre no tardó en volver. Ya venía calmada, con color en el rostro y una leve sonrisa aflorando en los labios. Pero no regresó sola, cuando Juan elevó la vista, divisó detrás de ella la figura recia y alta de su padre. Estaba detenido en el umbral y lo miraba.

—Juan, ven conmigo —le dijo con voz solemne.

Y Juan se le quedó mirando sin entender del todo lo que oía, porque, ¿qué hacía su padre en la cocina a aquella hora? En aquellos momentos debía estar revisando las mercancías o anotando en el libro de cuentas lo vendido durante la jornada. Jamás, por ningún motivo, debía ser molestado mientras lo realizaba. Pero ahora estaba allí, detrás de su madre, y seguramente ella había ido en su busca. No entendía cómo osó hacerlo, y aún menos comprendía que el motivo fueran las necias palabras de un muchacho necio.

—Juan, ven conmigo —volvió a oír.

Se levantó torpe y lentamente dirigiendo la mirada a

su madre con asombro y miedo. «¿Qué ocurre?», decían sus ojos. Los ojos de ella le respondían algo que él no comprendía: eran misteriosos.

Juan siguió a su padre. Marchaba perplejo. ¿Qué querría? ¿Iría a castigarlo? Buscó en su memoria y no halló motivos. Quizás una queja de alguna vecina por alborotar... Pero si era así, ¿por qué antes su madre se había alterado y se fue dejando el guiso en el fuego? No podía ser eso. Fueron sus palabras las que la turbaron, fue cuando él habló de aquel malandrín que halló en el tejado.

¿Creerían sus padres que andaba de tratos y juegos con él? Quizás fuera eso, porque le habían dicho cientos de veces que no era mozo de buena crianza ni de buenos hechos.

Bien, pues si era aquello, pronto desharía tal yerro. De todas maneras no entendía tanta alteración por tan leve causa.

—Padre, yo no ando nunca con ese Francisco de Toledo —comenzó a decir.

Pero su padre le impuso silencio:

—Hablaremos en lugar seguro —le dijo.

Juan se asombró de nuevo, y aún se asombró más cuando, dejando atrás la trastienda, su padre cogió un candil y comenzó a descender las escaleras que llevaban al sótano donde se guardaban las mercancías.

¿Qué le iría a decir en aquel lugar? No podía ser simple reprimenda, para ello no hacía falta tanto sigilo. Quizás quisiera mostrarle algún producto valioso, especias de Oriente, o alguna pieza de seda bordada, única en su género, o una joya de gran valor... Pero ¿qué relación tenía entonces tal asunto con lo acaecido en la cocina? ¿A causa de ello palidecía su madre de tal modo? Por Dios que no alcanzaba a comprender aquello que estaba sucediendo.

Al llegar al sótano, su mente era un torbellino de preguntas sin respuestas; un concierto de grillos en noche de julio.

Después observó confundido cómo su padre se dirigía al fondo de la estancia y, con movimientos rápidos y nerviosos, apartaba a un lado una alta pila de fardos, para enseguida retirar de la pared el viejo bargueño de madera tallada que había tras ellos. Un rico tapiz bordado en oro quedó entonces al descubierto.

El muchacho se preguntó excitado qué podría ocultar paño tan hermoso. Pero no ocultaba otra cosa que piedras, en todo iguales a las demás que componían el muro. O al menos eso creyó hasta que su padre comenzó a mover una de ellas, lenta y suavemente, como si la acariciara, y la piedra se desplazó de su lugar, dejando al descubierto un hueco en la pared.

El corazón de Juan palpitaba muy deprisa. ¿Qué habría en aquel hueco, un tesoro?

Pero cuando el padre introdujo la mano y sacó de él un viejo libro, los ojos brillantes del muchacho se apagaron desilusionados. ¿Por un libro tanto secreto, o es que había algo más?

Ciertamente lo había, y cuando lo vio, Juan tuvo el mayor sobresalto de su vida: su padre le estaba mostrando un estrecho y largo manto blanco y un casquete de paño con los bordes dorados.

—Ya tienes quince años, eres un hombre, hijo mío —le dijo, y en sus palabras había tal emoción y en sus ojos una luz tan honda y tan intensa, que Juan sintió el corazón sobrecogido.

Nada respondió porque en sus labios no había palabras que pudieran ser pronunciadas, y su turbación era tanta que clavó los ojos en el suelo para que no fuera advertida. Porque bien sabía lo que eran y lo que significaban aquellos objetos (1). En diversas ocasiones los había visto en casa de Isaac o en las de algunos de sus amigos judíos. Ahora los veía en su casa, ocultos, y según parecía, conservados con reverencia. ¿Qué podía significar aquello?

—Hoy es un gran día —susurró su padre cubriendo sus hombros y su cabeza con paño y casquete.

En la mente de Juan estalló el entendimiento. Aquel fue un golpe cruel. Comprendió de repente muchas cosas: la palidez de su madre cuando él repitió las palabras de Francisco; «¡Judío!». «¡Judío, tú y todos los de tu linaje»... «Traidores y falsos que en

---

(1) Los judíos varones se cubren en las solemnidades y en el momento de sus rezos.

secreto invocáis a Yahvé». «¿Qué prefieres, anguila o liebre?»... Y la risa, su risa de desprecio y burla.

Todo, todo daba vueltas dentro de su cabeza, todo se agitaba dentro de su corazón. ¡Judíos! Su padre era judío, pero ¿desde cuándo? ¿Por qué no lo supo nunca? ¿Por qué siempre le dijeron que él era cristiano? ¿Por qué le enseñaron preceptos y normas que eran de la Iglesia?

Su padre abrió el viejo libro y su voz se elevó solemne y sonora:

> *«Feliz el pueblo cuyo Dios es Yahvé.*
> *La nación que se escogió por heredad.»*
> *«Desde lo alto de los cielos Yahvé mira,*
> *ve a todos los hijos de los hombres;*
> *desde el lugar de su morada observa*
> *a todos los habitantes de la tierra.»*

Juan sentía flaquear sus piernas, débiles como cañas secas y vacías. También su espíritu estaba vacío y seco.

Su padre seguía leyendo:

> *«En Yahvé espera nuestra alma.*
> *Él es nuestro socorro y nuestro escudo.*
> *En Él se alegra nuestro corazón,*
> *en su nombre santo confiamos.*
> *Sea tu bondad, Yahvé, sobre nosotros*
> *como nosotros esperamos de Ti.»*

A Juan las palabras le hacían daño; pero cuando se

hizo el silencio aún fue más doloroso que las palabras.

De pronto, sintió la mano de su padre sobre el hombro:

—Confía en Dios, hijo, como desde el principio de los tiempos confió nuestro pueblo.

Juan no alzó la mirada que tenía en el suelo, y su padre continuó:

—Ni uno solo de los miembros de nuestro linaje se olvidó del Dios de Abraham. Oculto estuvo para ti durante estos años, como lo estuvo para mí mientras fui niño, porque así era prudente. Nada te dijimos de nuestra raza y de nuestra fe porque temíamos que, a causa de tus pocos años, fueras, sin quererlo, a poner en peligro la vida y la hacienda de nuestra familia. Pero ahora ya puedes cerrar tus labios con un sello de prudencia y poner una coraza sobre tus sentimientos. Recuerda, hijo, que en lo de fuera somos cristianos, pero en lo de dentro somos judíos, y cuando en la Iglesia oramos a Jesús o a María, se mueven nuestros labios, mas no nuestros corazones (1).

»Y ahora es tiempo de que cantemos juntos un himno de alabanza y alegría, porque tú eras un hijo de Israel que vagabas perdido en el desierto y hoy has encontrado el camino que conduce a tu hogar.

---

(1) En aquel tiempo las familias de conversos que seguían practicando la Ley de Moisés lo hacían en absoluto secreto. Los hijos no eran informados hasta muy tarde por temer que una imprudencia pudiera alertar a la Inquisición.

Enseguida la voz de su padre se elevó en un canto gozoso:

—*«Qué alegría cuando nos dijeron*
vamos a la casa de Yahvé (1).
Ya están hollando nuestros pies
tus umbrales, Jerusalem.»

—Canta, hijo, canta —le instó haciendo una pausa.

Juan contempló sus ojos brillantes y su rostro arrebolado; pero no pudo cantar.

Su padre insistió con voz severa:

—¡Canta!

Pero Juan no cantó porque sus palabras no tenían sonido.

La mirada de su padre se tiñó de decepción, y cuando habló, lo hizo con tal ira que Juan se sintió sobrecogido y asustado:

—Sólo la Ley de Moisés es la verdadera. Pérfidas y falsas son las otras leyes. Grábalo en tu corazón con sangre y fuego, si así es necesario, porque únicamente ésta te ha de dar la vida eterna.

---

(1) Los judíos escriben, pero no pronuncian esta palabra, porque es el nombre de Dios. Al leerla la sustituyen por otra alusiva, por ejemplo ADONAI, equivalente a Señor. La ortografía hebrea de Yahvé es YAHWEH.

3 Cuando la tierra tiembla

CUANDO la tierra tiembla desde lo más profundo, y lo hace con violencia, se quiebran y se hunden las casas y los templos; y allí donde hubo un campo labrado y florecido, queda la tierra herida, sin flores ni cosecha; y se desprenden las rocas desde las altas montañas; y los árboles caídos muestran al aire sus raíces.

Cuando la tierra tiembla, todo se muda y se destroza, y en un tiempo muy breve la inquietud sucede al sosiego y el desorden al antiguo orden.

Igual que la tierra durante un terremoto, se sacudía en lo más hondo el alma de Juan mientras oía las palabras de su padre, y en donde antes había luz y certidumbre, todo se tornó oscuro e incierto.

Y esto ocurrió así porque aquel que le había enseñado a orar invocando a Jesús, ahora le pedía que olvidara su nombre y que en sus alegrías y en sus tribulaciones volviera el rostro a Adonai y a Él sólo invocara porque era el Santo entre todos los Santos.

Y todo lo anterior, todo lo que antes su padre le había dicho, decía ahora que no era verdadero y por tanto podía ser borrado fácilmente de corazón y mente.

—Muchos así lo hicieron, tu abuelo, el padre de tu abuelo... yo mismo... —dijo su padre—. Acéptalo, es sencillo.

Sin embargo, para Juan no lo era. Ni tampoco lo aceptaba. Él siempre quiso saber el porqué de las cosas. Por eso preguntó por qué era verdadero esto que ahora le decía.

—Acepta las palabras de tu padre, porque él te las dice. Yo acepté las palabras del mío, porque él las decía. La Ley de los judíos es la Ley verdadera. La prueba es mi palabra.

Para Juan no fue esta respuesta suficiente e insistió:

—Pero, ¿por qué, si erais judíos en vuestros corazones, lo teníais oculto? Otros no se ocultan para cumplir su Ley. ¿Qué causa es la que os mueve a parecer por fuera lo que no sois por dentro? En Vitoria no hay nada que a ello os obligue.

Su padre lo miró unos instantes con ojos iracundos, después el aire de sus ojos se calmó y Juan descubrió en ellos un fondo de tristeza.

—Eres muy insolente; pero a pesar de ello me gusta tu firmeza; si eres firme en la Ley que, sin serlo, creíste verdadera, serás como la roca en aquella otra Ley que, una vez conocida, tomarás como tuya, porque es santa y excelsa. Y ahora escucha, que sí hay causas para andar ocultándonos. La historia es dolorosa y ya antigua —la voz de su padre se tornó bronca y honda; a Juan le parecía que venía de muy lejos—. La fecha se remonta a 1391 —siguió diciendo—. Entonces un dolor general y terrible oprimió al pueblo judío y se extendió por casi todos los reinos de España, del mismo modo que se extiende el fuego cuando sopla el viento.

«Sucedió que en la ciudad de Sevilla se alzó la voz de un hombre que, sin justicia ni misericordia, clamaba en contra de los que seguían la Ley de Moisés. Oyendo esta voz, el odio que dormía en los corazones de muchos, que por alguna causa, o sin ninguna, tenían resentimientos contra los de nuestra raza, se despertó de forma tan violenta que durante varios días corrieron ríos de sangre por las calles de Sevilla.

»También hubo cristianos que, aun poniendo en peligro sus vidas, trataron de detener aquella gran locura; pero no fueron suficientes para apagar las llamas de un incendio de rencores y fiereza que en muy poco tiempo prendió en todos los reinos de España; primero en Andalucía, después en Castilla, en Aragón, en Valencia, en Cataluña..., solamente algunas tierras del norte se vieron libres de tamaña tristeza.

»Por aquellos días el terror era tanto que los labios de los judíos imploraban temblorosos las aguas del bautismo, las únicas capaces de apagar los fuegos del odio. Hubo algunos, quizás muchos, que murieron firmes en su fe, orgullosos de ser judíos y de confesarlo. Pero el valor es una virtud que no todos los hombres son capaces de adquirir, y un hombre aterrado es como una hoja a merced del viento, y nada existe para él sino su propio temor, que le obliga a decir y a hacer lo que no quiere.

»Toledo era entonces la ciudad en la que vivían nuestros antepasados. Un trasabuelo mío, para salvar su vida y la de sus hijos, se mudó en lo de fuera, pero no en lo de dentro, y con él todos los de su casa. Así acudían a misa los domingos y fiestas de guardar, ayunaban durante la Cuaresma, y cumplían puntualmente los preceptos de la Iglesia; pero sus corazones seguían anclados en la Ley de Moisés, y en secreto oraban a Adonai, en secreto guardaban el sábado y en secreto celebraban las Pascuas y las fiestas.

»Desde entonces todo fue hecho en secreto. En secreto la vida y en secreto la muerte. Y así, siempre en secreto, llegamos a un mal día del año 1481, tú no puedes recordarlo porque eras chiquito. De pronto se nos llenó la casa de sayones de la Inquisición. Nunca podré olvidarlo. Alguien acusó a tu abuelo de haber judaizado, nunca supimos quién, las cosas de ese Tribunal son siempre tan secretas...

»Y tu abuelo no negó su culpa ni mostró arrepentimiento alguno, porque de pronto el judío que había estado oculto dentro de su corazón durante tantos años, salió a la luz del día con gozo, con orgullo y sin temor. En la cárcel cantaba salmos y llamaba a Moisés y a los Profetas con voces muy alzadas. Después, en el tormento, no pudieron arrancarle ni una sola palabra que no fueran salmos de gloria y alabanza; a nadie delató, ni a parientes ni a amigos. Murió elevado por encima de las llamas de la hoguera el santo nombre del Señor: "¡Adonai!" "¡Adonai!", igual que una bandera.

»Fue terrible y hermoso, hijo. Pero después de aquello temí por mi familia. Vendí cuanto tenía y me vine a Vitoria; no sólo por ser tierra muy lejana a Toledo, sino porque había oído que en este lugar la gente no era dada a ir indagando en las vidas de otros. Además en la ciudad se hallaba establecida desde siglos atrás una judería bien poblada y bien abastecida. De todas formas, dije ser cristiano viejo y cambié mi nombre, pues así me sentía más seguro.

»Aquí creciste tú. Como cristiano te eduqué, pues no me era posible hacerlo de otro modo. Porque, ¿qué le es dado hacer al judío que es hijo de conversos? ¿Acaso puede decir en voz alta: "Lo que hicieron por mí yo lo deshago; en lo que dije creer, nunca he creído"? Apóstata se le llama a quien hace esto y apóstata es una palabra peligrosa porque lleva a la hoguera. Se puede dejar de ser judío sin gran peligro, mas no se puede dejar de ser converso.

»Converso soy por fuera, judío soy por dentro, porque no me es posible acallar la voz que clama en mis oídos: "Yo soy Adonai, tu Dios". Y ahora, hijo, ya sabes los motivos. Me pediste respuestas y yo te las he dado; espero que aceptes la Ley que recibes por sangre y por herencia. Instrúyete con gozo, y con gozo comienza a ser judío. Con gozo y en secreto.

»Pero escucha, Juan, hay algo que me tiene en desazón, es ese mozo que viste en el tejado. No buscaba su gato. De ronda estaba, de ronda estuvo ya otras veces. ¿Sabes tú lo que hacía? Oler los humos que subían desde la chimenea, por tratar de entender si tu madre guisaba carne siendo día de Cuaresma. Y no es él solo el que anda acechándonos, sino también es nuestra vecina habladora e inquieta, su madre, quien a deshora y sin causa suficiente se nos mete en la casa, poniendo de pretexto pedir un algo de sal o un cacillo de aceite.

»Según supe, mozo y mujer llegaron de Toledo no hace mucho. A él no puedo conocerlo; pero el rostro de ella me trae recuerdos confusos: ¿La conocí de moza? ¿Me conoció ella a mí en otro tiempo? ¿Recela acaso porque sabe cómo murió mi padre? ¿Husmea por ver si judaizamos de algún modo? ¿Es cristiana vieja o es conversa? ¿Qué busca el mozo? ¿Lo que te dijo hoy fue sólo a manera de insulto o sabe algo?

»Ándate con cuidado. Y si alguien alguna vez pregunta, jura tres veces en nombre de Jesús que eres cristiano, y júralo tranquilo porque en nada te obliga jurar poniendo por testigo a aquel que para ti no significa nada.»

Juan alzó la vista y buscó los ojos de su padre:

—¿Y si Jesús fuera el Mesías que todos esperábais? —preguntó con voz débil y atemorizada.

Los ojos de su padre otra vez se encendieron de ira. Y era la suya una ira tan honda y tan intensa que Juan tembló mirándolo.

—¿Anda el gato holgando con el perro? ¿Vuelan al mismo tiempo y en paz gavilán y paloma? ¿No hay disputas entre gentes distintas? ¿Ya no existen guerras?... ¡No ha venido el Mesías! Cuando el Mesías venga todo será concordia. Ésa es la señal, te lo dice tu padre. Y ahora canta, porque tu padre canta:

> *«Maravillas hizo con nosostros Yahvé (1).»*
>
> ....
>
> *«Cambia, oh, Yahvé, nuestra suerte.*
> *Los que entre lágrimas siembran,*
> *cosechan entre cánticos.»*
>
> *«Van sí, van llorando*
> *al llevar la semilla,*
> *mas volverán cantando,*
> *volverán trayendo sus gavillas.»*

Y Juan cantó por temor a aquella ira de su padre; aquel fue su primer canto, y no fue de alegría.

Más tarde se encendieron las velas del Sabbath y fueron para él luces de oscuridad.

Luego, cuando se halló en su lecho, entre sábanas limpias, sentía ei alma asustada y confusa.

---

(1) Léase Adonai.

4 La Pascua del Cordero

CUANDO llegó la Pascua del Cordero, aumentaron las dudas y los temores de Juan.

Su padre lo instruía en la Ley de los judíos y en lo que aquella fiesta del Pesaj significaba.

—El Pesaj es la fiesta de la libertad —le decía—. En ella recordamos la salida del pueblo de Israel de Egipto en donde estaba prisionero.

»Debemos pensar como si fuéramos nosotros los que ahora vagamos por el desierto de camino hacia la tierra prometida —añadía con los ojos brillantes de entusiasmo.

»En la semana del Pesaj se festeja también la primavera, cuando los hombres están en relación estrecha con la naturaleza...»

Y mientras su padre le enseñaba, su madre y las criadas limpiaban cada rincón de la casa. Brillaba el suelo, el techo y las paredes.

Todo se hacía con sigilo y en secreto, con las puertas y las ventanas cerradas a cal y canto. Juan miraba inquieto hacia el tejado, esperando ver aparecer en cualquier momento el rostro torvo de Francisco de Toledo, mirando por la chimenea.

Y por fin llegó el día de la solemne cena. En el almacén del sótano se cubrieron con lienzos y tapices los fardos de las mercancías; se colgó del techo una hermosa lámpara con muchas luminarias; se cubrió con blancos manteles una gran mesa, sobre la que se dispusieron las copas y los cubiertos de plata; en el centro brillaban los candelabros, y junto a ellos se dispuso un plato de oro que contenía los panes ácimos, los berros que recordaban la llegada de la primavera, y otros alimentos que conmemoraban las antiguas ofrendas hechas a Dios en el gran Templo de Jerusalem, o los sufrimientos de la cautividad y el éxodo.

Aquélla era la mesa de la gran cena del Pesaj, para todos de fiesta y gozo; para Juan, mesa de desazón y miedo.

Aquélla iba a ser su primera Pascua (1). En la casa se respiraba una oculta alegría, aunque mezclada con cierto temor y excitación. La madre y las criadas iban y venían colocando los alimentos, y el padre, con aire solemne, componía los sitiales alrededor de la mesa.

Juan miraba asombrado los lugares dispuestos.

(1) Cuando los niños eran pequeños, la Pascua no podía ser celebrada en las casas en las que vivían, por temor a que los descubrieran.

¿Quiénes y cuántos iban a ser aquella noche? Demasiados, según pensaba.

Cuando cayó la tarde se encendieron las luces, el sótano parecía una estancia distinta: relucía toda entera con los fardos cubiertos y la gran lámpara prendida; sobre la mesa brillaban, con brillos de misterio, el cristal y la plata.

Era hermoso, Juan no podía negarlo; sin embargo, su espíritu estaba atribulado porque otra vez iba a judaizar. Aunque advirtió de pronto que, a pesar de ello, también él se sentía excitado y curioso.

Temor, curiosidad y además la honda desazón de saberse culpable. En verdad eran sentimientos encontrados que no le permitían sosegar ni un momento. Por eso iba de la cocina al sótano, desde el patio a la alcoba.

Y de pronto, el miedo envolvió todo sentimiento, porque ¿qué eran aquellos extraños ruidos que se oían en la puerta trasera? Sonaban como un arañar suave y repetido.

La madre acudió presurosa, escuchó atentamente, y luego preguntó:

—¿Quién va a estas horas?

—Aquellos a quienes Él envía —fue la respuesta.

Y la puerta se abrió; pero no de par en par, como se suele abrir al recibir amigos, sino lo justo para que alguien pasara rápida y furtivamente.

Fueron dos las personas que entraron en el patio: el tundidor de paños y el orfebre.

Juan pensó que en mala hora venían. Tendrían que tratar con su padre algún negocio urgente. Pero, ¿por qué bajaban, tras un saludo rápido, al sótano en el que la mesa estaba ya dispuesta?

¿Por qué su madre no corría a detenerlos? ¿Estaría completamente loca? Ya iba a hacerlo él cuando vio que su padre subía las escaleras con las manos tendidas en ademán de dar la bienvenida a aquellos que bajaban. Después condujo a ambos, con mucha deferencia y alegría, al lugar de la cena.

Juan los miró boquiabierto. ¿Es que serían aquellos dos cristianos tan amigos que en nada recelaban de ellos?

En perplejidades estaba cuando oyó que se abría nuevamente la puerta trasera. Corrió al patio y vio que entraban Juan Fernández y Marcos Zapata, ambos miembros del Concejo.

Aquello sí que era tener la suerte en contra. Juan corrió, sin que lo vieran, hacia las escaleras del sótano para advertir a su padre. Corriendo sentía que el temor apretaba su espíritu: quizás los habían descubierto, y ahora llegaban con ánimo de ver por ellos mismos qué ocurría en el sótano. Quizás alguien los delató, quizás aquel Francisco de Toledo, el que siempre les estaba acechando.

Pero su padre salía ya al encuentro de uno y otro con las manos tendidas. Juan los miró con ojos asombrados: ¿También aquellos cristianos sabían de sus secretos?

Perplejo se echó a un lado para que los visitantes descendieran con mayor comodidad por las muy estrechas escaleras. Al pasar junto a él, Marcos Zapata le puso la mano en la cabeza con gesto benévolo:

—«Que la paz de Adonai te acompañe todos los días de tu vida» —le dijo.

Juan se apoyó en la pared porque sus piernas amenazaban con quebrarse. Después se dirigió a la cocina, conturbado y confundido, sin entender nada de lo que aquella noche sucedía en su casa. De su madre pensaba obtener información; pero ella corría hacia el patio nuevamente.

—¿Quién va a estas horas?

—Aquellos a quienes Él envía.

Entraron cuatro hombres, todos conocidos como buenos cristianos, o al menos eso había creído Juan, porque acudían a misa los domingos y fiestas de guardar y bautizaban a sus hijos con las aguas de Cristo.

¿Qué era todo aquello? Juan pensó que también sus padres acudían a la Iglesia y guardaban las fiestas; como buenos cristianos eran tenidos ellos también.

—Alégrate, hijo, alégrate y aprende, que es esta una noche de enseñanzas y alegría —le dijo su madre, tomándolo de la mano, para conducirlo, amorosamente hacia las escaleras que llevaban al sótano.

Juan bajaba con lentitud. Sus piernas estaban rígidas y pesadas, como si de pronto se hubiera convertido en un anciano. Cada peldaño que descendía le parecía más alto que el anterior; le costaba un gran esfuerzo bajar aquellas escaleras que ahora se le antojaban demasiado pinas y oscuras; envueltas estaban en sombras de peligro.

Cuando se abrió la puerta, encontró a once hombres, todos con casquete, acomodados alrededor de la mesa. A ocho de ellos los había visto antes, los otros tres eran parientes que debieron llegar a hora más temprana sin que él lo advirtiera. Todos le sonrieron, y su padre le mostró un lugar entre ellos. Él fue a ocuparlo con la cabeza baja.

Enseguida su padre le indicó algo; pero Juan tenía el pensamiento ausente.

—Comienza las preguntas, hijo, tú eres de entre todos nosotros el varón más joven —le repitió con la voz muy alzada.

Juan se sobresaltó, abrió con dedos torpes el texto de la Hagada (1) y comenzó a leer con voz baja y quebrada:

—¿Por qué esta noche es distinta de todas las demás del año?

—Esta noche es distinta porque celebramos el momento más importante de la historia de nuestro pueblo. Esta noche celebramos su marcha victoriosa desde la esclavitud a la libertad.

---

(1) Narración, relato.

Juan leía sin entender, y oía sin escuchar. Su mente seguía en otra parte. Pensaba en la misa Mayor del Domingo de Ramos. Todos los que ahora estaban alrededor de la mesa fueron entonces en procesión, llevando ramas de árboles de primavera alzadas en las manos y cantaban:

«¡Hosanna!»
«Hosanna al que viene en nombre del Señor.»

De pronto, sintió la mirada de su padre. Fue como si sus ojos le quemaran. Las palabras que a continuación leyó le iban dirigidas, y su padre las pronunciaba lenta y sonoramente, para que él las oyera y las comprendiera:

«Siervos del faraón éramos en Egipto
y el Señor nuestro Dios
nos sacó de allí.
Con mano firme y brazo extendido,
y si el santo de nombre bendito
no hubiera sacado
a nuestros padres de Egipto,
nosotros y nuestros hijos
y los hijos de nuestros hijos
estaríamos sometidos al faraón de Egipto.
Por tanto, aun cuando fuéramos
todos sabios, todos doctos,
todos ancianos, todos conocedores de la Tora,
sería nuestro deber relatar el éxodo de Egipto.
Y cuando más se extiende uno en el relato del éxodo de Egipto,
tanto más merece ser elogiado.»

«Oh Dios, y cuán largo es este relato verdaderamente», pensaba Juan mientras oía de qué modo Adonai envió diez plagas sobre Egipto para así obligar al Faraón a liberar de la esclavitud a los judíos.

Y mientras narraban, bebían y enseguida volvían a llenar las copas de vino, porque el vino es símbolo de regocijo, y aquella era una noche de recuerdos y alegría.

A Juan la cabeza le comenzó a dar vueltas: ¿Era el vino? ¿Era el cansancio? ¡Qué largo, sí, qué largo debió ser aquel éxodo! La narración continuaba pero él no podía escucharla; para que sus ojos no se cerraran los detenía en las luces de los candelabros, y en los platos y en los vasos. Sobre todo en la copa de Elías (1). Allí estaba, llena de vino rojo y brillante.

Sus ojos se animaron un momento. ¿Y si apareciera el profeta en su carro de fuego y bebiera el vino rojo y brillante de la copa que estaba en el centro de la mesa? Sonrió imaginando el rostro de los comensales si tal hecho sucediera. De pronto hubo un ligero revuelo y Juan volvió de sus ensoñaciones. Por fin había terminado el relato del Éxodo, y ahora la alegría del vino y de los recuerdos de la victoria sobre el faraón y los peligros del desierto se vertió en un canto hermoso.

Recordaban la primavera que ya estaba en la tierra y en el aire.

---

(1) En la fiesta de la Pascua se dispone en el centro de la mesa una copa, de la que nadie bebe. Recuerda simbólicamente al Profeta Elías, que fue arrebatado en un carro de fuego, en el que, según la tradición judía, continuará hasta el fin de los tiempos.

5 El gran sobresalto

LA narración era ahora tan alegre y tan hermosa que Juan olvidó temores y pensamientos amargos. Trataba de dos jóvenes que se amaban. El enamorado cantaba gozoso:

(1) *«Como lirio entre cardos,*
así es mi amada entre
las doncellas.»

....

«Como manzano entre árboles
silvestres,
así es mi amado entre los
jóvenes» —cantaba luego la enamorada.

....

«Ven, amado mío...
salgamos a la campiña,
pasaremos la noche en las aldeas
y de mañana iremos a las viñas.
Veremos si la vid echa sus brotes,
si se abren las flores
y si florecen los granados.»

---

(1) De *El Cantar de los Cantares.*

Juan pensaba en las viñas de Vitoria. Mañana iría a ver si ya tenían brotes, y si las flores estaban abiertas en las laderas de los montes.

Ya el canto terminaba:

«¡Huye, amado mío,
sé como la gacela,
como el cervatillo
en los montes perfumado!»

Como una gacela, o como un cervatillo, y huir por los montes de Vitoria, ése era el deseo de Juan precisamente.

Pero de repente los hombres se volvieron como niños y batían palmas, y reían y comían dulces sin mesura.

Y Juan se contagió de aquella alegría, olvidó sus pensamientos, y rió también viendo a los hombres comportarse como pequeñuelos.

Fue entonces cuando oyeron aquellos golpes en la puerta delantera, la que daba a la calle de la Pinturería.

Súbitamente cesó el gozo y enmudecieron las palmas, los cantos y las risas. El hondísimo silencio que se hizo luego estaba impregnado de temores.

Durante unos instantes ninguno se movió; pero los golpes se oyeron nuevamente, y mientras la madre corría hacia las escaleras, todo en la estancia se convirtió en febril y angustiada actividad: los unos recogían manteles, copas, cubiertos y restos de la cena;

los otros ocultaban libros sagrados, candelabros y los tapices que cubrían las paredes. Las alegres luminarias fueron rápidamente apagadas, y en su lugar, se encendieron candiles y hachones que no tenían nada de festivos.

Sobre la larga mesa dispusieron piezas de tela y se descubrieron los fardos que estaban apilados de cualquier forma. Así, donde antes hubo orden y esplendor, sólo quedó desarreglo y revueltos objetos de mercancías.

La sala de la fiesta en muy poco tiempo volvió a ser almacén de comerciante, mientras que los alegres comensales se convirtieron en pálidos y asustados amigos, que trataban con torpeza de no parecer otra cosa que un grupo de despreocupados jugadores de dados.

Arriba se oía un sordo murmullo de voces. Juan escuchó con atención y pudo distinguir la de su madre. ¿Con quién hablaría? Se preguntaba si habrían sido descubiertos, y no estarían en el piso de arriba aquellos que, enviados por el Tribunal de la Inquisición, se disponían a tomarlos presos.

Con temor esperaba que en cualquier momento se abriera la puerta del sótano. Cuando esto sucediera, no habría otro remedio que simular calma y aplicarse en el juego de los dados, quizás así aún lograran salvarse.

Pero pasaba el tiempo y la puerta del sótano no se abría. Las manos que tiraban los dados apenas podían sostenerlos.

Nadie hablaba sino de cosas banales; pero todos se preguntaban qué era lo que sucedía allá arriba. ¿Aún estaban en peligro? Si era así, ¿por qué nadie llegaba para tomarlos presos? Y si no lo era, ¿por qué no bajaban las mujeres para darles tranquilidad?

—Juan, hijo, acércate a la puerta y escucha; pero no hagas ruido —le dijo su padre en susurros.

Lenta y suavemente comenzó a subir los escalones. Ya detrás de la puerta oyó un rumor débil; pero nada distinguía porque ahora las voces se habían alejado.

La desazón de todos creció:

—Juan, hijo, súbete al piso y, fingiendo despreocupación, pregunta qué sucede. Di que yo te envío porque, habiendo oído los golpes de la puerta, estoy temeroso de que alguien para algo nos necesite. Y di también que no subo yo mismo porque, estando con un grupo de buenos amigos entretenido en el juego de dados, no quiero interrumpir la partida, que me es favorable, a menos que sea necesario. ¿Sabrás estar tranquilo, hijo?

Juan afirmó que sabría estarlo, y salió del sótano procurando disimular su inquietud. Con las manos sobre el pecho, para calmar en algo los alocados latidos del corazón, se dirigió a la cocina, desde donde ahora venían las voces.

Se detuvo en el umbral sorprendido porque, sentadas junto al fuego, charlaban su madre y la vecina. Tras ésta, Francisco de Toledo, su hijo, sonreía extrañamente.

—Me manda padre para saber si alguien requiere su

presencia; pero ya veo que son cosas de mujeres —dijo por fin Juan.

La vecina lo miró con ojos que querían parecer amables:

—Hice un guisado de anguila esta tarde, y como resultó ser demasiado abundante para mi hijo y para mí, me dije que era cosa de buena vecindad venir a ofrecerles algo de lo que nos sobra a quienes con tanta gentileza suelen siempre tratarnos. Me pareció un poco pasada la hora; pero este hijo me indicó que no debía ser así porque no hacía mucho tiempo había visto entrar por la puerta trasera a algunos de nuestros vecinos.

Juan sintió que su rostro enrojecía; pero, haciendo un enorme esfuerzo, trató de parecer calmado.

—Amigos son, que vienen a jugar con mi padre su partida de dados. En ello están ahora, aunque algo inquietos, pues tras oír los golpes en la puerta, en hora algo tardía, llegamos a creer que alguno de nuestros vecinos se hubiera puesto enfermo o estuviera en alguna otra necesidad.

La vecina rió. Su risa sonó falsa:

—Gracias a Jesucristo y a su Santa Madre no ha sido así. Como ya antes dije, el guisado de anguila fue la única causa. —Después, con una mirada que a Juan se le antojó malévola, añadió—: Y ya que lo he traído, me agradaría saber antes de marchar si mi buena vecina lo encuentra sabroso, por eso os requiero para que probéis algo de él.

Juan miró a su madre y la vio pálida y turbada, sin

saber qué hacer ni qué decir. También él se turbó y durante unos instantes huyeron las ideas de su mente, hasta que, viendo en los labios de Francisco de Toledo una sonrisa de triunfo y en sus ojos el brillo de una burla, le volvieron el entendimiento a la mente y la palabra a los labios:

—Mi madre padeció durante todo el día males de digestión; tomó una purga y ahora está en ayunas. Y bien que lo siente porque es mujer de buen comer y con gusto daría cuenta de vuestra anguila.

La vecina miró a su hijo con una media mirada, y el hijo sonrió con peor sonrisa de la que antes tenía:

—Me da mucho pesar que no probéis el guiso que con tanta voluntad os traje; pero ciertamente los males son los males. Mas no tengáis pena, que cualquier día que aderece otra anguila habré de traeros una porción de ella —dijo luego aquella mujer taimada, con palabras que, aunque aparentaban ser amables, encerraban una muy distinta intención.

Después hizo ademán de tomar la olla que estaba sobre la mesa; pero Juan la detuvo con un gesto.

—Perdonad mi osadía, buena vecina; pero esa anguila vuestra me ha abierto el apetito. Los ojos se me van tras ella y mi estómago ruge sin que pueda evitarlo. ¿No lo oís? Dadme a mí la porción que a mi madre traíais, que no soy yo de los que dejan escapar bocados tan exquisitos —dijo haciendo gestos golosos.

La mujer, sorprendida, dejó la olla donde estaba, y Juan, haciendo grandes aspavientos y alharacas, la comió toda en un tiempo muy corto.

Francisco de Toledo y su madre fingieron gran contento; pero él observó que la sonrisa que antes tenían se había borrado de sus labios.

Despidiéronse luego diciendo que ya era tarde para estar fuera de casa y se dirigieron hacia la puerta, no sin añadir que, ya que tanto le había gustado la anguila a Juan, otro día tendrían que traerle un guiso de liebre, que aún era más sabroso.

—Traedlo cuando os venga bien, vecina, que daremos cuenta de él y se os agradecerá el gesto —dijo Juan, y luego añadió—: ¿Y tú, Francisco, hallaste tu gato? Confío que así fuere, porque uno grande y bien alimentado cayó por el hueco de nuestra chimenea, y chamuscado quedó el pobre animal. Tan dolorido iba que me parece que fue a dar con sus huesos en el río; sería para ver de apagar el incendio que llevaba en el rabo.

—No era mi gato. Él está a salvo, pues tiene quien lo cuide, y ya miro yo para que no se acerque al fuego, porque quien juega con fuego, entre llamas termina —respondió, y en sus palabras Juan advirtió una cierta amenaza que le hizo temblar por dentro aunque por fuera guardaba por completo calma y compostura.

Cuando se hubieron marchado, su madre ocultó el rostro entre las manos:

—¿Por qué lo hiciste, hijo? Comer anguila nos está vedado. Pecaste, Juan, y en día de Pascua.

—Lo hice para evitar males y borrar sus sospechas.

Su madre hizo un gesto de miedo:

—Mucho sospechan, hijo, mas aun así, las Leyes no deben quebrantarse.

Juan calló; pero en su corazón no tenía conciencia alguna de haber pecado.

6 La confesión

LA desazón de Juan aumentaba de día en día. Con frecuencia se preguntaba qué era él en realidad: cristiano o judío.

Sus padres se sentían judíos, y por ello lo eran precisamente.

—Judío no es el que nació de vientre de una hija de Israel —le decía su padre cuando al atardecer le instruía en las costumbres y en la religión de su pueblo— porque quien siendo de nuestra raza no guarda nuestros preceptos, ya no es judío; sin embargo, si uno que nació de un vientre gentil se convierte a la Ley verdadera, ese sí es judío. Judío es el que en su corazón se siente como tal.

¿Y él cómo se sentía dentro de su corazón? Cristiano seguía sintiéndose en su interior; pero, ¿lo era cuando seguía las ceremonias del Sabbath? ¿Lo fue cuando participó del Pesaj y gozó oyendo el canto de los enamorados que festejaban su amor en primavera? ¿O era cristiano cuando los domingos en la Iglesia sus labios se movían para orar al Padre de Jesús que desde lo alto lo veía? «Padre nuestro que estás en los cielos, santificado sea tu nombre...» «Padre nuestro, Padre nuestro...» Juan no se atrevía a pronunciar estas palabras y temblaba su alma pensando en aquel Dios de los cristianos, que siempre fue el suyo, porque podía ver todo cuanto ocurría dentro y fuera de los corazones de los hombres.

—Fray Martín —preguntó un día en la escuela—. ¿Quién es buen cristiano?

—El que cumple la Ley de Cristo sinceramente y por entero.

Entonces, tal y como ya temía, él no era cristiano.

Ni cristiano ni judío, porque no guardaba ninguna Ley sinceramente y por entero; por ello a ningún Dios osaba pedir ayuda y se sentía completamente solo dentro de su corazón en aquellos oscuros días de angustias y dudas.

A veces el temor le oprimía como una armadura que no fuera de su medida, y sentía el alma encogida y pequeña. Temía a aquel Dios al que nada le estaba oculto; pero temía también que alguien, en la tierra, llegara a descubrir que en secreto judaizaba. De modo que sus días y sus noches eran largos e inquietos y en ningún lugar hallaba reposo.

Además tenía otros motivos de pesadumbre y desazón. Eran sus dos amigos, Isaac y Fernando. Ahora ante ellos siempre estaba de disimulos; él que nunca les había ocultado ni pensamientos ni emociones. Pero, ¿de qué forma podía decirles lo que le estaba sucediendo? ¿Qué pensarían al saberlo?

¿Qué pensaría sobre todo Fernando? ¿Y qué haría? ¿Lo denunciaría ante el Tribunal de la Inquisición? Era su amigo, de ello estaba seguro; pero según repetía desde el púlpito Fray Martín de Oviedo, judaizar era un pecado tan perverso y tan enorme que, si alguno supiera de otro que judaizaba, tenía el deber de presentar denuncia del hecho; aunque fuera su amigo, aunque fuera su hermano o su propio padre, porque si así no lo hiciere también caería en delito, y no sólo ante los hombres, sino también ante Dios. «El que oculta a un hereje arderá con él en los infiernos», decía con voz terrible Fray Martín los domingos en la misa mayor.

A Juan, con todos estos temores y cuitas, se le adueñó del espíritu una tal melancolía que eran muchas las horas que pasaba en silencio y con la mirada ausente de todo lo que le rodeaba. Sus amigos se preocupaban viéndole así, tan lejano y callado. «¿Qué te ocurre, Juan?», le preguntaban con insistencia, y como él no respondía sino con palabras vagas, trataban de hacer chanzas para darle un algo de ánimo: «¿Es que te has enamorado?». Pero nada arrancaba a Juan ni una sonrisa pequeña. Para evitar preguntas, procuraba no subir al monte ni bajar al río con ellos. Cualquier excusa era buena: un quehacer en la tienda de su padre, o en las viñas, y si no un malestar inesperado.

—Muchos trabajos te vinieron a ti de pronto y muy quebrantada está tu salud últimamente —decían sus amigos presintiendo que algo muy extraño le sucedía.

Y mientras tanto, la primavera estallaba en Vitoria.

Se metía en los patios, entraba por las rendijas y ventanas, se enredaba en el aire...

Abril estaba ya terminando, y el peso que por dentro oprimía a Juan comenzaba a oprimirle también por fuera. Ya no podía soportar tan prolongado encierro y, necesitando alegrar con aires de primavera su desazón y la inquietud de sus miembros jóvenes, una tarde, que era la penúltima de aquel mes que ya se iba, se subió al monte solo.

El monte estaba azul de plantas florecidas, azul y blanco de flores pequeñitas. A lo lejos el verde de las huertas cantaba de alegría. Alegría había también en pájaros, en vuelos y en nidos nuevos.

Aspiró larga y profundamente y llenó sus pulmones con el aire de abril, que era oloroso y fresco.

Y fue demasiado, ante tanta belleza la pesadumbre se le deshizo en lágrimas. Lloró sobre la hierba, a gritos, por todo cuanto había perdido.

—¿Por qué me lo dijeron? —decía sollozando—. ¿Por qué el tiempo no se vuelve hacia atrás? o ¿por qué hoy no puedo ser como antes era...?

Sollozando, con el rostro en la hierba, buscando amparo en ella, lo encontraron Isaac y Fernando. Después del primer sobresalto, trataron de darle algún consuelo, y como no lo lograban, quisieron saber la causa de tanta tristeza. Pero Juan no podía decirla.

—Juan, somos tus amigos —insistía Isaac— y un amigo es tanto como un hermano, o casi tanto.

¿Qué te sucede, Juan? ¿Hay algún mal en tu casa? ¿Está enfermo tu padre o tu madre?

Juan no tenía ya fuerzas para seguir callado. El silencio iba a partirle el pecho. Tenía que decir alguna cosa, cualquiera:

—Es mucho peor que los males que dañan el cuerpo, aun es peor que la muerte —exclamó con palabras cortadas por un dolor hondísimo.

Sus amigos lo miraron con ojos asustados.

Juan prosiguió.

—No sé qué hacer ni me atrevo a decir lo que me ocurre. Por dentro tengo el alma igual que una manzana comida por los gusanos —dudó en silencio durante breve tiempo y luego añadió—: es un secreto de tal naturaleza, que si os lo confiara, también vosotros sentiríais angustia y temores.

—No importa, dilo, si ello te alivia; los miedos que se cuentan son menores —dijo Fernando.

Juan pensaba con el rostro escondido en la hierba: ¿Podría confiárselo? ¿Se aliviaría entonces aquel dolor enorme? ¿Y qué harían ellos?... Reflexionó durante unos momentos: ¿Qué haría él si fuera Fernando quien se hallara en tal trance? ¿Lo delataría? No. No podría hacerlo... ¿Estaba seguro? Lo estaba, callaría hasta la muerte si fuera necesario.

El silencio era largo. Juan tenía la mente confundida y vacilante; pero Isaac repitió:

—Juan, somos tus amigos verdaderos.

Juan levantó la cabeza y los miró a los ojos:

—¿Juráis que a nadie lo diréis?

—Lo juramos —dijeron al unísono, decididos y presurosos, Fernando e Isaac.

—No, de esa forma no. Juradlo ante Dios y juradlo en su nombre, para que Dios os maldiga si quebrantáis el juramento.

Isaac juró enseguida diciendo: «Lo juro por Adonai, bendito sea su nombre.»

Y Fernando juró por el nombre de Jesús y por el de la Virgen Gloriosa.

Entonces, el alma de Juan se abrió de par en par derramando amargura contenida, igual que se derrama el agua a borbotones cuando rompe en la fuente. Hablaba muy deprisa, a veces en susurros, casi a gritos a veces.

Cuando terminó su confesión, no le quedaban fuerzas para mantener la cabeza alzada. Como no quería mirar ni a uno ni a otro, huyó de los ojos de ambos escondiendo el rostro entre las manos.

Y otra vez el silencio fue largo y doloroso. Lo rompió Isaac con unas palabras inesperadas:

—Ya lo sabía, Juan —dijo en voz baja.

Juan levantó la cabeza sorprendido:

—¿Cómo podías saberlo tú si yo lo supe hace sólo unos días?

—A mi casa acuden de la tuya para obtener los alimentos purificados (1). Por medio de mi padre dona tu padre a la sinagoga aceite para las lámparas y por medio de él hace llegar limosnas a las viudas y a los judíos que viven en la pobreza.

El asombro de Juan iba en aumento.

—¿Y tú por qué no me lo dijiste nunca?

—No sabía yo si tú querías o no saberlo. No son estas cosas para decirlas en cualquier momento, son secretos de familia, Juan.

(1) Determinados alimentos que reúnen las condiciones para ser consumidos por los judíos, según sus leyes. Para ello había comercios especiales.

7 De ira y silencio

FERNANDO, que hasta entonces había permanecido en silencio, estalló de repente en palabras de asombro y de ira:

—¡Tú, Juan, tú, miserable, has judaizado, y tu padre y tu madre, y las criadas de tu casa! Tu familia es un nido de serpientes con ponzoña. Y yo que te tenía por cristiano sincero. Mi mano derecha hubiera puesto sobre el fuego confiando en tus palabras. ¡Maldito seas, converso! Me has engañado a mí, que era tu amigo y has engañado a otros que en ti creían. ¡Hereje! Arderás para siempre en el infierno, ya hueles a diablo chamuscado, Juan... Y si yo hiciera lo que debo, correría como un ciervo sediento hasta el Tribunal de la Inquisición para dar cuenta de tu herejía... Y pensándolo estoy porque si no lo hago Satanás me dispondrá ya un sitio cercano al tuyo, y además, si alguien descubre este secreto que tenemos, sería encarcelado... Juan, ¿tú, hereje? ¿O estás de chanza? —dijo de pronto con una chispa de esperanza—. Juan, dime que no es cierto lo que acabas de confiarnos —suplicó.

Juan clavó la mirada en la tierra:

—Para mi desdicha no es chanza, Fernando.

La ira de Fernando, poco a poco, se convirtió en tristeza:

—¿Cómo has podido, Juan...? Por nuestro Señor Jesucristo, no pongas en peligro tu alma ni tampoco tu vida. La Ley cristiana es la única que conduce hacia el cielo porque es la verdadera. Lo sabes, Juan, lo has oído desde que eras chiquito. Es la verdadera, la única santa, Juan.

Isaac protestó aunque calmadamente:

—No creo yo tal cosa, porque a mí de chiquito me dijeron que en la Ley de Moisés estaba la esperanza, y también me dijeron que el pueblo de Israel se halla disperso entre los pueblos como prueba de Dios, pero además para que a todos sirva de fermento y levadura... No es la cristiana la Ley verdadera, y por ello no debes angustiarte, Juan; no arderás en el infierno para siempre.

Fernando se encendió de nuevo en ira:

—¡Calla, Isaac! Juan siempre fue cristiano y aún lo sigue siendo, estoy seguro.

—¿Por qué no callas tú?

—Yo no puedo callar porque hablo palabras de verdad. Y ahora lo veo claro, los judíos estáis como moscas, volando siempre en torno a los conversos para ver si podéis arrebatarles algo de lo que en ellos hay de cristianos. Antes no quería creerlo, aunque algunos me lo tenían dicho, porque tú eras mi amigo; pero ahora lo veo y lo oigo por mí mismo. Lo oigo de tus labios, Isaac, y oigo que tu padre ayuda a esos falsos cristianos que hoy tienden una mano a Adonai y mañana la tienden a Jesús. Perversos sois, judíos, me dais asco, todos; de todos abomino.

—¡Callad! Por Cristo o por Adonai; pero callad —gritó Juan.

Y en su grito había tan honda pesadumbre que Isaac y Fernando tragáronse las palabras que nacían de la ira y sellaron sus labios con tres sellos; uno era el de la compasión, otro era el de la prudencia, y el último, y más fuerte, era el de la amistad.

Nuevamente el silencio, nuevamente prolongado y doloroso. Y otra vez fue Isaac quien lo quebró:

—Mi padre dice que Dios es sólo uno; pero que está en cada corazón con forma diferente, y por ello cada cual lo invoca a su manera, con un nombre distinto y que al fin y al cabo los nombres los ponen las personas. ¿Tú, Juan, serías completamente otro si mudaran tu nombre? ¿Y tú, Fernando?

Ninguno respondió, e Isaac siguió hablando, ahora se dirigía solamente a Fernando:

—Dejemos que Juan invoque a Dios con el nombre que quiera, o que lo invoque sin ningún nombre, que los nombres no son del todo necesarios cuando a Dios se refieren. Y ahora no hablemos más de ello, y prestémosle ayuda porque la necesita, y es nuestro amigo. Y en cuanto a lo de callar este secreto, callemos, Fernando, que en Vitoria y en todos los reinos de España son muchos los que callan.

Fernando inició una protesta:

—Arderemos en los fuegos del Infierno...

Isaac sonrió para tranquilizarlo:

—Ya hallará ese Dios nuestro que no tiene nombre un medio para librarnos de ellos.

Fernando dudaba todavía. De ningún modo quería dañar a Juan, su buen amigo; pero aquellas palabras de Fray Martín las tenía escuchadas tantas veces...

Isaac hacía por convencerlo:

—Calla, Fernando. Calló tu madre cuando murió la mía y en secreto me crió a sus pechos. La Ley de los cristianos no lo permitía, ni tampoco la Ley de los judíos; pero ella lo hizo y así salvó mi vida; y muchos lo supieron, de una Ley y de otra Ley, y callaron. Y callas tú cuando ella ahora acude a mi casa cada sábado para encender el fuego (1). Tú sabes que lo hace por buena amistad, y porque en su corazón es agradecida. ¿No lo eres, tú, Fernando? Recuerda, estabas muy enfermo y mi padre te devolvió la vida cuando ya se te iba. Lo hizo con su ciencia y su esfuerzo. Una semana veló al lado de tu lecho. ¿Irías tú ahora al Tribunal de la Inquisición para darles noticia de que ayuda a cumplir los preceptos de la Ley de Moisés a los conversos que desean cumplirlos? Y piensa, Fernando, cuando murió tu padre, tu madre recibió consuelo y ayuda de judíos y conversos, de ésos que tú llamas malvados. Y ahora tu madre en mi casa trabaja y por eso recibe unos dineros que le son necesarios para ti y tus hermanos; pero tal hecho tampoco está permitido, tú lo sabes y callas. Y es que una cosa son las Leyes que para los hombres se dictan y otra cosa por completo distinta que ellos

(1) A los judíos les estaba prohibido encender fuego el sábado, entre otros trabajos; había cristianos que acudían a encenderlo por ellos.

las cumplan. Y según las Leyes no puede haber verdadera amistad entre cristiano y judío, y la hay. ¿No es cierto, Fernando, amigo mío?

Fernando asintió con la cabeza baja.

—Pues entonces callemos para siempre, que hay mucho por lo que callar.

Fernando volvió a asentir y Juan lo miró aliviado y agradecido. Después habló porque su corazón así se lo pedía:

—Siento dolor por dentro; soy un pozo de dudas, el miedo me atenaza y nubla mis sentidos. Miro a mi alrededor y veo en todas partes ojos acusadores. Antes no los veía. No sé si están ahí o yo los imagino.

«Cuando acudo a la iglesia los domingos, no me atrevo a invocar a Jesús ni a María. Cuando se encienden las velas del Sabbath, la palabra Adonai se queda en mis labios y tiembla sin sonido.

»Pero estando en la iglesia sin orar, pienso con miedo que alguien puede advertirlo y preguntarse: "¿Por qué éste no reza si a eso hemos venido?". Cuando estoy con judíos, se me ocurre pensar que si callo y no sigo los salmos, me habrán de decir: "¿Y tú por qué causa no ensalzas el nombre del Señor, si lo estamos ensalzando?".

»Amigos, no sé qué puedo hacer. Si elijo ser cristiano, caerá sobre mí y para siempre la maldición de mi padre. Si elijo ser judío, no habrá reposo en mi interior y yo mismo seré quien me maldiga. Amigos, decidme, ¿hacia dónde me vuelvo?»

No había palabras para darle respuesta, por eso nuevamente callaron: pero ahora el silencio los unía. Miraban a lo lejos. La tarde de abril moría dulcemente, dejándose caer sobre Vitoria. La arropaba con un manto de distancia y sombras violetas.

8 El pozo amargo

ERA ya la hora de marchar. Juan, que sentía aligerado el peso de su alma, hubiera deseado quedarse en el monte para siempre; pero no era posible, tenían que volver. Ya se estaban alzando, y de pronto Isaac se puso un dedo en los labios para pedir silencio y señaló, con gestos de misterio, algo que estaba oculto a medias entre encinas y rocas.

En un primer momento creyeron que sería un animal del monte. Pero no era así. Aguzando la vista, distinguieron primero la figura de un hombre y luego la de una mujer. Ella rendía la cabeza sobre el hombro de él. Se besaban.

Juan, Fernando e Isaac se miraron con ojos de sonrisa; pero también de asombro. ¿Quiénes podían ser? ¿Quiénes se atrevían, siendo mujer y hombre, a subir a los montes a esa hora?

En un instante olvidaron angustias anteriores. Ahora sólo importaba la emoción que tenían delante: se besaban de nuevo. El beso fue suave, de amor muy verdadero parecía. ¿Serían vecinos de Vitoria? Seguramente no, quizás fueran pastores, o quizás caminantes. Sí, serían caminantes; esposo y esposa que estaban de viaje; pero si lo eran, se acabó la emoción por completo, pues en tal caso nada tenía de extraño descansar en el monte cuando caía la tarde. De todas formas no estaban seguros de ello, y como sentían tan gran curiosidad, entre susurros dijeron de subir a una encina para verlos mejor.

Ocultos entre ramas observaron sus ropas. Los veían de espaldas; pero él parecía caballero; de ella nada podían distinguir excepto que tenía el cabello negro y trenzado, y que una oscura capa la cubría toda.

De pronto, el hombre volvió el rostro con aire intranquilo, como si quisiera asegurarse de que estaban a solas.

Y no era un caminante, sino don Gonzalo de Mendoza, caballero muy principal de Vitoria.

Los ojos de Isaac y de Juan estuvieron a punto de salir de sus órbitas, en cuanto a Fernando tuvo que ahogar la exclamación de asombro que le subió a los labios. ¡Don Gonzalo con una mujer a solas en los montes cuando caía la tarde! ¿Qué extraño asunto tendrían entre manos? Porque, ¿quién era ella? Una dama no; ninguna osaría andar de atardecida fuera de casa y mucho menos en compañía de un joven caballero. ¿Sería una pastora a quien él había enamorado?

Los tres amigos se miraron con ojos brillantes de emoción. Deseaban saber quién era ella, tenían que averiguarlo a toda costa.

Continuaron al acecho, en la encina, y no esperaron mucho, porque el caballero se alzó poco después, y tendió la mano a su enamorada para ayudarle a levantarse. Lo hizo con tal delicadeza que los tres amigos volvieron a mirarse: sí, aquel era amor verdadero, no había duda, se apreciaba en los gestos. Pero siendo así, ¿por qué don Gonzalo subía al monte con aquella a quien amaba? Si alguien los descubría, ella sería tachada de mujer casquivana. ¿O es que acaso lo fuera? Algunos grandes amores hubo entre mujeres de tal calaña y hombres de buena casa.

Cuando la mujer se levantó, los corazones de Fernando, Juan e Isaac se detuvieron durante unos momentos, porque al fin iban a saber quién era. Pero cuando alzó el rostro, el sobresalto hizo que sus corazones iniciaran un galope desenfrenado, porque aquella mujer era Sara, hija de Samuel Leván, judío rico, y observante de la Ley de Moisés hasta en sus menores preceptos. Estaba comprometida en matrimonio con un joven de su raza y de su Ley, matrimonio que su padre había concertado desde antiguo, según su gusto y conveniencia, sin tener en cuenta los deseos de su hija.

Silenciosos y perplejos quedaron los tres amigos en la encina, mientras don Gonzalo y Sara descendían las laderas del monte dulcemente tomados de la mano.

De pronto observaron que, cuando llegaban al camino, alguien les salía al encuentro. Era una mujer.

Los tres mozos temblaron en el árbol. Pero tenía que ser alguien que sabía de aquello que estaba sucediendo, porque, sin hacer signo alguno de ira o de sorpresa, saludó brevemente a don Gonzalo, y marchó con la joven en dirección a Vitoria.

El caballero esperó algún tiempo y luego se dirigió también hacia la ciudad aunque por camino opuesto.

Únicamente cuando su figura era un punto en la distancia, los tres amigos bajaron de la encina.

—Si don Samuel lo sabe, matará a don Gonzalo —exclamó Isaac impresionado.

—Y luego lo tomarán a él preso, y lo harán ajusticiar —añadió Fernando.

—Y todo ocurriría solamente porque ellos se aman —susurró Juan con voz de pesadumbre.

—No habremos de decir una sola palabra de cuanto aquí hemos visto —dijo luego Isaac con voz firme.

—A nadie, nunca —añadió Juan.

—Nunca... —susurró también Fernando como un eco.

Después marcharon en silencio, cada cual metido en sus pensamientos. A Juan le volvieron de nuevo las angustias y temores:

—Qué tristes y difíciles son a veces las cosas de la vida... y ellos se aman tanto —murmuró para sí.

—Esto me trae al recuerdo —dijo Isaac— una antigua historia que me contó una criada vieja cierto día de invierno. Era ella una de esas mujeres que saben los dichos y las leyendas de todas partes, y me aseguró que lo que me contaba era cierto. No estoy yo tan seguro; pero de todas formas es hermoso. Según afirmaba esa mujer que os digo, el hecho ocurrió en Toledo, aunque no sé cuándo. Me lo dijo, pero no lo recuerdo, tengo que hacer memoria.

—Cuenta ya de una vez, y déjate de viejas. Esperamos oírte, empieza ya —exclamó Fernando, que siempre solía ser impaciente.

—Pues bien, comienzo:

«Vivía en Toledo una mujer judía que en cierta ocasión, y de manera casual, conoció a un caballero cristiano, de buena casa y buenos sentimientos.

También era ella bondadosa y de principal linaje entre los judíos.

El caso fue que se enamoraron, y de tal forma que necesitaban verse al menos una vez al día. Si no lo hacían las horas les parecían tan largas y tan tediosas que les era imposible soportar el lento pasar de veinticuatro. Por ello, tomaron la costumbre de salir en secreto y a hurtadillas cuando la noche estaba ya cerrada y la mayor parte de la gente descansando.

Corrían un gran peligro, los dos lo sabían; pero necesitaban verse.

Habían elegido como lugar de citas un rincón apartado en el que, junto a un pozo de aguas dulces, se alzaba una higuera que daba todos los veranos higos que sabían a miel.

Allí hubieran querido permanecer la vida entera; pero rayando el alba, los dos debían volver apresuradamente a sus casas. Y de regreso el pensamiento de uno y otra estaba ya puesto en la noche próxima cuando de nuevo volvieran a encontrarse.

Y así transcurrieron varios meses de dicha.

Pero la dicha completa suele ser como ave de verano, y un día alguien, sin que ellos lo advirtieran, descubrió aquel amor que los hacía tan felices y que a nadie dañaba. Y ese alguien, él sabría por qué causa, alertó al padre de la joven de lo que estaba sucediendo.

En un primer momento, el judío no creyó sus palabras y aun tuvo gran enojo al oírlas, ya que en su hija tenía puesta toda su confianza.

—Si no queréis creerme, id a su alcoba ahora —dijo el delator al enojado padre.

—¡Iré, pero temed por vuestra vida si encuentro a mi hija en ella! —le respondió con voz muy alterada.

Pero el delator no temió por su vida ni un momento porque bien seguro estaba del lugar en el cual se encontraba la joven.

Lo que sucedió luego fue rápido y muy triste, pues empujado de iras corría el judío por las calles de Toledo con el puñal en la mano.

Junto al pozo, pleno de amor y dicha, sin advertirlo apenas, murió el joven caballero a manos de un padre enfurecido que no sabía entender cuáles eran las razones que el amor tenía.

Después, la joven enamorada, como perdió el amor, perdió también todas las cosas de la vida, y nada le importaba, ni joyas ni vestidos preciosos, ni manjares riquísimos, ni el sol que alegra los días, ni la luna que alegra las noches. Y sólo hallaba consuelo acudiendo junto al brocal del pozo, y junto a la vieja higuera donde murió su amado.

En las noches de luna se asomaba a las aguas pro-

fundas y en lo más hondo creía ver el rostro de aquel al que aún quería, y como no podía alcanzarlo, un torrente de lágrimas amargas iba a aumentar las aguas del pozo. Y así un día tras otro, hasta que al fin, herida por la ausencia, se consumió su vida una noche de junio al lado de la higuera.

Cuando a la mañana siguiente la hallaron y quisieron retirar su cuerpo del tronco en el que se apoyaba, vieron que dicho tronco estaba todo seco, y que en las ramas no quedaba ni un fruto ni una hoja.

Uno de los que allí estaban, deseando calmar el sobresalto que sentía, se acercó al pozo para beber un sorbo de agua dulce; pero las aguas de aquel pozo se habían tornado amargas; a lágrimas sabían.»

Terminada la historia, el camino se les volvió silencioso. Pensaban en cosas de amor y en cosas de tristeza. Pensaban en cosas que ninguno entendía: «¿Por qué?» «¿Por qué no podían amarse don Gonzalo y Sara a los ojos de todos?».

—Tenemos que callar —dijo por fin Isaac.

—Sí, tenemos que callar —dijeron a su vez Fernando y Juan.

Y así entraron en Vitoria por el Portal del Rey, silenciosos y pensativos. Guardianes de secretos eran, y estaban decididos a no revelarlos nunca.

9 La gran tristeza

AL llegar a Vitoria les esperaba una enorme e inesperada tribulación, que iba a borrar en sólo unos instantes todas sus otras cuitas y preocupaciones. Ya entrando en los arrabales, advirtieron una agitación y un bullicio inusitados; gentes que hablaban en corro, gentes que iban y venían con demasiado apresuramiento; hombres y mujeres de rostros alterados, niños que los miraban con ojos de preguntas..., hasta los perros andaban desasosegados.

No entendían qué era lo que podía suceder. Al principio creyeron que serían asuntos de cosecha, o algunas nuevas rencillas entre los miembros del Concejo y los vecinos.

Pero cruzaron el Portal del Rey y oyeron los redobles del tambor que se aproximaba, y enseguida, la voz del pregonero. Escuchando, no podían creer lo que decía:

(1) *«Don Fernando y Doña Isabel, por la Gracia de Dios Rey y Reina de Castilla, de León, de Aragón, de Sicilia, de Granada...*

Sepades que porque nos fuimos informados de que había en nuestros reinos algunos malos cristianos que judaizaban, de lo cual era mucha culpa la comunicación de los judíos con los cristianos, mandamos apartar a los judíos de todas las ciudades, lugares e villas, e dándoles juderías e lugares separados ....

...

Pero consta e parece ser tanto el daño, que a los cristianos se sigue de la comunicación con los judíos, los cuales por cuantas vías pueden los apartan de nuestra fe ....

E como que conocimos que el remedio verdadero era apartarlos de nuestros reinos, en consejo de algunos prelados e grandes caballeros e de otras personas de ciencia e de conciencia, habiendo habido mucha deliberación, acordamos mandar salir a los judíos de nuestros reinos, que jamás tornen ni vuelvan .... so pena de que si lo hacen, incurrirán en pena de muerte e confiscación de todos su bienes ....»

(1) Parte del Edicto de expulsión dado por los Reyes Católicos.

¡Qué silencio y qué asombro en la calle cuando acabó el pregón!

El estupor que había en las mentes no dejaba salir a las palabras. Las gentes se miraban perplejas: ¿Cómo así de pronto podía ocurrir cosa tan terrible? En nada habían dado los reyes avisos anteriores, hasta amigos fueron de los judíos, o eso parecía. ¿Por qué de pronto se volvían tan hostiles? En los ojos de las gentes sólo había asombro, ni tristeza siquiera. No, en un primer momento no había ni tristeza.

Luego comenzó un murmullo sordo y continuo como el de la lluvia mansa de los días de invierno, que poco a poco fue creciendo y alzándose hasta convertirse en un sonido semejante al del trueno. Un trueno de incredulidad y dolor insoportables.

Fue entonces cuando Isaac no pudo resistirlo y corrió hacia su casa.

Fernando y Juan corrieron tras de él; pero no lo alcanzaron. Fernando se detuvo con aire desolado y después miró a Juan. Juan, de pronto, sintiéndose culpable, huyó de su mirada. ¿Qué le podía decir? Nada, porque, siendo cristiano, había judaizado y bien sabía que mucha parte tenían los falsos conversos en aquella pena inmensa que ahora afligía a los judíos.

Isaac corría por la calle de la Pinturería, buscando las puertas de la Judería. Atrás quedó aquel sordo rumor que le angustiaba, atrás las voces de Juan y de Fernando. Nada oía que no fueran aquellas palabras terribles:

«Acordamos mandar salir a todos los judíos, que no tornen ni vuelvan...» Salir... salir... salir..., era como un martillo golpeando su mente, sus oídos, sus pulsos... No podía ser cierto; su corazón iba a romper su pecho.

Ya llegaba a su casa. Allí estaba, pequeña por fuera, como todas las de la judería; pero sólida y cómoda por dentro. ¡Su casa! Cómo la amaba.

Allí nació su padre, y su abuelo, y el padre de su abuelo..., y toda su familia. En ella nació él, y pensó que siempre sería suya. Sin embargo, tendría que dejarla.

Su padre estaba en el umbral, esperándolo. Isaac se refugió en sus brazos como un mozo pequeño. Los sollozos lo ahogaban.

—No he oído lo que oí, padre, diga que no lo he oído.

Su padre lo estrechó contra él:

—Lo has oído, Isaac, igual que yo, igual que todos; por todas partes redobla el tambor del pregonero.

—No puede ser verdad.

—Lo es. Pero escucha, hijo mío, quizás el Rey Fernando y la Reina Isabel muden de su opinión. Todo ha sido tan rápido, parecido a un mal viento. Quizás sus ánimos se calmen pasados unos días.

A Isaac una pequeña luz se le encendió en el alma.

Su padre le hizo entrar:

—Confío en el Rabí Mayor de todas las Aljamas, don Abraham Senior, es gran amigo de los reyes; de su bolsa salieron sumas enormes que fueron necesarias para llevar a fin la guerra de Granada. Hablará con los reyes, estoy seguro; cambiarán su propósito. Y también, según tengo entendido, don Isaac de Abrabanel es un hombre cercano a los monarcas. Fue él quien abasteció, sin que nada faltara, a todos los ejércitos que fueron a luchar para vencer a los moros. Ya verás, hijo, ambos hablarán por ellos y por todos nosotros. Y también hay cristianos amigos y conversos inteligentes. Ya lo verás, los reyes mudarán de opinión.

—Pero ¿y si no mudaran?

Su padre no dudó ni un momento:

—Entonces habremos de partir. Yo no puedo decir con las palabras cosas que mi alma no siente. No puedo dejar mi religión, ni fingir que la dejo. ¿Puedes tú, Isaac? (1).

Isaac negó con la cabeza, y una enorme tristeza se le asomó a los ojos.

Su padre trató de consolarlo nuevamente:

—No te apenes demasiado a causa de un mal que quizás nunca llegue, y ahora, acompáñame, Isaac, y oremos para que Dios aparte de nosotros esta tribulación.

Los días que siguieron fueron de angustia y descon-

---

(1) Los judíos que se convirtieran podían seguir en España. Los que no, tenían que salir en un plazo de tres meses.

cierto para el pueblo judío. Nada era ya igual que antes. Esperaban que los reyes revocaran el edicto; pero vivían en constante zozobra. Por otra parte, la desgana se apoderó de los cuerpos y de los espíritus: los comerciantes no abrían las puertas de sus tiendas y los mercaderes no hacían viajes para obtener productos de otras tierras, ni las mujeres se esmeraban en labor de bordados; y si en una casa algo se quebraba, nadie se preocupaba de darle arreglo. Ni siquiera importaba si en las viñas florecían las cepas con más o menos brotes.

¿Qué más daba todo si casas, tiendas, mercaderías y viñas, quizás en breve tiempo, habrían de ser dejadas? ¿Quién labora sin la esperanza de obtener siquiera algún provecho?

Y los mozuelos ya no jugaban a vencer a los moros, ni cantaban romances de despedida. Sus padres se lo impedían diciendo: «Callad, callad, cuitados, que de ahora en tres meses seremos nosotros como ellos». Y cuando alborotaban les imponían silencio bruscamente, pues la tristeza despierta malos humores, y aun a los perros se les impedían los ladridos a golpes si de otro modo no entendían.

Sólo los pájaros seguían en el barrio de los judíos igual que siempre, porque hasta las flores, sin riegos ni cuidados, iban perdiendo color y lozanía.

Y aun más que esto sucedió, porque las vidas de los judíos, además de estar llenas de inquietudes y desganas, se inundaron de dudas y rencillas; porque algunos no sabían qué hacer, si seguir siendo en todo judíos o si mudar en lo de fuera y ser igual en lo de dentro. «Conversión forzada no obliga a nada», decían unos. «No se peca fingiendo por causa grave, y ésta lo es», añadían otros. «Corazón y palabras han de estar hermanados», decían muchos en cambio. «Mejor es partir dejando detrás hacienda y casa, que quedar en ellas con la cabeza gacha».

Y tantas cosas decían los unos y los otros para apoyar la determinación que habían tomado o pensaban tomar que Vitoria en aquellos días era un lugar de charlas y desganas. Todos hablaban y nadie hacía nada.

Y hubo familias divididas a causa de tener sus miembros sentimientos diferentes y por ello las malas palabras andaban sueltas todo el día. E incluso hubo algunas en las que los padres, por salvar haciendas y evitar sospechas, expulsaron de su lado a sus hijos porque éstos no querían recibir las aguas del bautismo que cambiarían su Ley y sus costumbres.

Esto le sucedió a Rubén Ben Jacob, el hijo del prestamista, un muchacho débil de cuerpo, pero fuerte de espíritu. Era tan inteligente que su maestro decía que ya no le quedaba nada por enseñarle. Mucho sabía de todo el buen Rubén, que iba para sabio y todo le interesaba; pero era en la ciencia de curar las enfermedades en la que tenía mayor interés, y por eso se pasaba muchas horas del día junto a don Abraham, el padre de Isaac, aprendiendo de él, viéndole tomar el pulso, analizar humores, aplicar sanguijuelas y ungüentos... y sobre todo, oyéndole decir palabras de calma y de consuelo que son tan necesarias en eso que llamaban la ciencia de curar.

Corría Rubén una tarde de mayo por las calles de la judería, tan deprisa como se lo permitían sus flacas piernas. Y tan atolondrado iba que tropezó con Isaac cuando éste salía de su casa.

—¿Qué te sucede, Rubén, a dónde vas tan pálido y demudado? ¿Ocurre alguna desgracia en tu familia? —le preguntó el mozo.

—Yo no tengo familia —le respondió con voz quebrada.

Isaac lo miró sin entender. ¿Qué era eso de no tener familia, si hacía apenas unas horas que él vio a su padre y a dos de sus hermanos?

Rubén, observando su desconcierto, siguió con la plática, aunque un ciego hubiera advertido que su deseo era marchar lo más pronto posible:

—Me maldijo mi padre, y me advirtió que si no mudaba en mi determinación, no volviera a su casa nunca.

—¿Por qué, Rubén? —preguntó Isaac sorprendido y asustado.

—Porque iba a ser yo la ruina de toda la familia.

—¿Pues qué hiciste, Rubén, o qué determinaste?

—Determiné no mudar los vientos que soplan dentro de mi corazón.

Isaac aún no lo entendía.

—Mi padre decidió que si el edicto no es revocado, habremos de hacernos todos cristianos, aunque en lo de fuera únicamente. Pero yo no sé vivir en fingimientos, Isaac.

Isaac calló unos instantes y luego preguntó:

—¿Y tu madre qué dice?

—Mi madre calla y llora.

—¿Y tus hermanos?

—Me llaman insensato.

—¿Qué vas a hacer ahora, Rubén?

El muchacho se encogió de hombros y miró hacia lo alto, como si de allí hubiera de venirle inspiración y socorro.

—Salí perseguido por los gritos de mi padre. No sabía a dónde iba, sólo huía. Ahora pienso que lo mejor será acogerme al amparo de la Sinagoga, seguramente habrá lugar en la casa de los viajeros (1).

—Ven conmigo, en mi casa hay lugar de sobra, y mi padre te aprecia.

Rubén negó:

—Ahora no, Isaac. Ahora no podría estar con nadie. Necesito estar solo y sosegar. Me subo al monte; pero bajaré cuando caiga la tarde, entonces ya pensaré qué hacer.

(1) Lugar en el que se daba techo a los caminantes.

10 Rubén

RUBÉN no se bajó a Vitoria aquella tarde; no fue a la sinagoga ni a casa de Isaac.

Llegando la mañana, Isaac y sus amigos, inquietos, marcharon en su busca:

—Pensé que se habría acogido a la casa de los peregrinos —repetía Isaac, reprochándose no haber salido antes.

Lo hallaron todavía en el monte, pálido y tembloroso, echado sobre la hierba. Cuando los vio se alzó y quiso ir hacia ellos, pero no pudo. Sus pasos se quebraban, y para no caer hubo de buscar apoyo en un árbol cercano. Y allí quedó sin aliento ni fuerzas.

Los tres amigos corrieron asustados:

—Rubén, ¿qué te sucede?

—¿Caíste y te rompiste un hueso?

—¿Te picó una serpiente venenosa?

El muchacho negó con la cabeza.

—Será que se durmió sin darse cuenta, y ahora está hambriento y tiene el cuerpo «amontañado» (1) —dijo Fernando que era muy amigo de decir nuevas palabras.

—O quizás el rocío de la noche le ha enfriado —añadió Juan.

Rubén hizo un gesto de duda y los miró. Tenia ojos de fiebre, brillantes y rojizos, extrañamente fijos:

—No sé lo que me ocurre. Anoche me faltaron las fuerzas de repente; no podía marchar hacia Vitoria porque las piernas no sostenían mi cuerpo, y ahora... —se detuvo un momento porque hablar le cansaba— me duele la cabeza y me han salido «bubas» (2) debajo de los brazos; me siento arder por dentro.

Isaac trató de darle ánimos, pero estaba asustado:

—No ha de ser nada, ya lo verás, Rubén. Un golpe que te diste, o el rocío de los cielos que se metió en tu cuerpo como lluvia menuda. Ahora te vienes a Vitoria con nosotros y mi padre hallará el remedio de tu mal esta misma mañana —dijo alargando una mano para prestarle apoyo.

Pero no fue bastante la ayuda de su brazo. A Rubén se le doblaba el cuerpo como una caña rota, las pier-

(1) Rígido, de dormir en la tierra.
(2) Bultos.

nas no le servían de nada, y hubieron de bajarlo entre todos.

Fue una tarea pesada y al llegar a Vitoria estaban sin aliento; pero ya en la ciudad, no les faltaron brazos que tomando al mozo marchaban con las mayores prisas hacia la judería.

Un tropel de mozuelos corría, por delante, hacia la casa del médico:

—Vuelve Rubén, y vuelve muy enfermo —gritaban.

Don Abraham les salió presuroso al encuentro. Cuando miró al muchacho, sus ojos se alarmaron; sin embargo, trató de darle ánimos, y aun hizo una chanza:

—Rubén, pero, ¿qué es esto? ¿No sabes que los médicos no pueden enfermar? ¿Quién vendría a nosotros a buscar un remedio? «Primero mira por tu salud», dirían. Rubén, ¿tú no quieres ser médico?

Rubén trató de sonreír; pero su sonrisa no fue sino una mueca.

Viéndola, los ojos de don Abraham se volvieron aún más oscuros. Luego, mientras lo examinaba, no permitió que hubiera otra persona en la estancia, y tuvo buen cuidado de cerrar por completo la puerta a sus espaldas.

—¿Qué le podrá ocurrir? Parece muy extraño tanto secreto por una mojadura de agua de rocío —susurró Juan con aire pensativo.

—No es sólo eso; su mal viene de antes, está ardiendo de fiebre, y busca el aire y no lo encuentra.

¿No habéis advertido con qué dificultad respira? Quizás sea garrotillo o aun algo más grave —explicó Isaac, que por ser hijo de médico, tenía ya algunos conocimientos de los males del cuerpo.

—¿Se va a morir, entonces? —le preguntó Fernando.

Isaac le iba a responder cuando se abrió la puerta, y en el umbral apareció don Abraham pálido y alterado.

—Isaac, corre a casa de Maestre David y ruégale que venga con las mayores prisas, y vosotros, id uno a buscar al cirujano y el otro a casa del padre de Rubén. Vamos, vamos, id presto —gritó observando el desconcierto de los tres muchachos.

Isaac no halló al Maestre David en su casa; pero allí le dijeron que lo habían llamado con gran urgencia para que acudiera a la calle de la Cuchillería.

Isaac corrió como liebre perseguida de galgos, y llegando a la citada calle, vio salir a Maestre David de una casa pequeña y de muy pobre aspecto. Observó que, apenas rebasado el umbral, el médico saltó hacia atrás para no pisar una rata muerta. Reparó en ello porque él mismo estuvo en dos ocasiones en el mismo trance. Mal signo era aquél (1).

—Corred, corred, Maestre David, que mi padre os necesita —le gritó todavía desde lejos—, me ha dicho que vayamos como el viento.

Y como el viento fueron porque tanto el uno como

---

(1) Desde muy antiguo se decía que los años en que había muchas ratas eran malos, pero aún más si éstas morían; aunque no sabían que eran transmisoras de enfermedades.

el otro sabían que don Abraham no era hombre dado a exageraciones.

Como el viento llegaron también Juan y el cirujano. Fernando llegó algo más tarde. Cabizbajo y sin prisas, pues no había razón para tenerlas.

—Me dijo el mal nacido que él ya no tenía tal hijo, ni sano ni enfermo, ni vivo ni muerto. Que cristiano es él y toda su familia, mientras que Rubén pertenece a otra ley, por él ya aborrecida. Como le porfié, me dio con la puerta en las narices, y como seguí con la porfía, me soltó a ese perro que tiene —Fernando bajó la vista y movió la cabeza con aire de duda, como si él mismo no creyera sus palabras—. Dice que ya no tiene hijo —repitió entristecido y perplejo.

Juan quedó unos instantes metido en sus pensamientos y luego susurró:

—Sus padres desean que se vuelva cristiano y él no quiere; los míos desean que me vuelva judío y yo no quiero... ¡Qué difíciles son algunas veces las cosas de la vida!

Después callaron todos; pero pronto el silencio se quebró con un grito terrible.

Se alzaron los tres al mismo tiempo y se miraron asustados e intensamente pálidos.

—El cirujano estará sajando las bubas que Rubén nos dijo que tenía —explicó Isaac.

Un nuevo grito aún fue más terrible. Después sobrevino un silencio muy largo. No podían soportarlo y de puntillas se fueron hacia la puerta cerrada; pero nada escucharon sino murmullos.

Aquella noche el padre de Isaac mandó quemar tomillo en la cocina. Los humos olorosos inundaron la casa. «Es para que el aire quede purificado de cualquier mal», explicó.

Y aquella misma noche la madre de Juan dijo que le dolían las piernas y tenía calentura.

Al día siguiente en la calle de Santa María había dos hombres y un muchacho postrados en el lecho. Los tres tenían bubas bajo los brazos y temblores en los miembros. Todos ardían de fiebre.

A Rubén le salieron en todo el cuerpo unas extrañas manchas de color azulado.

A la madre de Juan los ojos se le hundían, y no quedaba en su estómago ni una parte pequeña del alimento que le daban.

Dos días después, en la calle de la Judería había con fiebres cuatro mujeres y un niño de pocos años.

Los tres médicos no tomaban descanso y el cirujano tenía todo el día la lanceta en la mano. Pero nada remediaba aquel mal, ni purgas, ni sangrías, ni emplastos, ni ungüentos de hierbas..., ni botón de fuego. Nada.

¿Qué mal sería aquel que llegaba de pronto y con tanta fuerza? Los médicos hablaban en secreto, y las gentes decían que eran cosas de aguas, o las fiebres de mayo, que solían ser malas y corredoras.

En casa de Isaac siempre había un fuego alimentado con hierbas olorosas. Todo el día olía a monte. Su padre decía que los humos de plantas aromáticas arrastraban los males de cualquier clase. Don Abraham andaba de continuo con el ceño adusto y el aire preocupado, y ese no solía ser su talante, por el contrario, era hombre de carácter alegre y ánimo sereno. Por ello Isaac sabía que algo muy grave ocurría en Vitoria, lo leía en los ojos de su padre.

Un día, aunque tenía conciencia de no deber hacerlo, pegó el oído a la puerta cerrada tras la cual platicaban su padre y los otros tres médicos.

—Ya debíamos dar cuenta en el Concejo —decía uno de ellos.

—Yo todavía no estoy seguro por completo —añadió otro.

—Esperemos un poco, quizás sea otra cosa —dijo alguien más.

—Que Adonai nos ayude y no sea este mal el que pensamos; pero son muchos ya los que enfermaron y de la misma cosa —oyó que decía su padre.

—Aún no ha muerto ninguno, y ello nos da un algo de esperanza. En fin, amigos, vayamos cada cual allí donde sea necesario —concluyó uno de los médicos, e Isaac huyó a toda prisa sin saber de qué hablaban.

Rubén murió dos jornadas después, cuando caía la tarde. Tenía entre sus manos las manos bondadosas

del padre de Isaac. Nadie de su familia estuvo junto a él cuando llegó la muerte.

El rabino rezaba en voz alta, y también oraban Isaac, Fernando y Juan; pero oraban por dentro.

Rubén los miró durante unos momentos:

—Ya no voy a ser médico —murmuró entristecido. Después volvió su rostro a oriente y pensó en la tierra de Israel.

A partir de ese instante sus palabras sólo fueron susurros dolorosos, oraciones confusas y mezcladas, pero que salían de lo hondo del alma:

«Si mi padre y mi madre me abandonan
Yahvé (1) *me acogerá.»*
«Yahvé es mi luz y mi salud.
¿A quién he de temer?»
«Me acuesto en paz
y enseguida me duermo,
que tú solo, oh, Yahvé,
me das paz y reposo.»
«Me acuesto en paz
y enseguida me duermo,
oh, Yahvé.»

Rubén calló. Dormido en paz estaba, para siempre.

(1) Léase Adonai.

11 El Ángel de la muerte

JUAN caminaba de vuelta hacia su casa; tenía en el pensamiento las últimas palabras de Rubén: «¡Oh, Adonai!». Firme fue su fe. Igual que roca dura, nadie pudo quebrarla. La suya en cambio semejaba una hoja de otoño, el viento la llevaba desde un lado hacia otro.

La tarde se hizo noche, y la luna se abrió paso entre nubes, roja y redonda, hermosa y llena. A lo lejos oyó un canto de ranas. Había muchas aquel año. Pensó que no era raro, el invierno fue muy suave y muy corto y la primavera muy húmeda y muy cálida. Por ello el campo estallaba de flores y por eso había profusión en las charcas de ranas y libélulas. También había demasiadas ratas en graneros y patios. Pero siempre ocurría lo mismo cuando en la primavera llovía muchos días seguidos y el frío no asomaba la cara más allá de febrero. Y también cuando así estaba el tiempo, solían ser frecuentes males y enfermedades.

Oyendo ranas, se aproximó a su casa. Cuando estaba cerca, vio moverse una sombra pegada a la ventana. Agazapado estaba quien fuera, como observando algo. Juan se agazapó también, pues quería sorprenderlo.

Lo atrapó por detrás y, al darle vuelta, se encontró con el rostro de un mozo sorprendido y asustado.

—Otra vez tú, Francisco de Toledo. ¿Qué haces acechando en mi casa nuevamente? ¿Qué esperas encontrar, malandrín? —exclamó enfurecido aunque en voz baja.

—Tu madre ha empeorado. Vino el párroco de San Vicente con los óleos y me acerqué a preguntar porque así me lo mandó la mía; pero vi al cura y no osé entrar. Estaba esperando que se marchara.

Juan lo soltó con tanta brusquedad que el mozo cayó a tierra; pero ni reparó en ello porque entró en su casa empujado de angustias.

Lo halló todo en silencio y casi a oscuras. Los candiles de aceite apenas alumbraban, parecía que nadie reparara en avivar la llama.

Juan corrió hacia la alcoba. Cuando entró, el cura de San Vicente acababa los rezos. Su madre, con los ojos cerrados y las manos cruzadas sobre el pecho, habló con voz extraña y débil.

—Padre, os pido una última merced.

—Habla, hija mía —dijo el párroco.

—Que cuando muera, mandéis que me den sepultura teniendo por mortaja el hábito de Santo Domingo.

—En ello empeño mi palabra, buena hija —respondió el cura.

El corazón de Juan se agitó emocionado: su madre se moría, pero moría cristiana, y eso lo consolaba. Pensaba en qué sería lo que mudó su corazón: ¿La sombra de la muerte? ¿Las buenas palabras del fraile? ¿O quizás un milagro de Santo Domingo? ¿O sería que cuando judaizaba lo hacía, igual que él, únicamente por no dar disgusto a su marido?

Fray Martín de Oviedo se despidió con palabras cristianas: «Que el Señor te bendiga, en el nombre del Padre, y del Hijo y del Espíritu Santo». Con palabras cristianas le respondieron todos.

Después de su partida, la madre permaneció un instante calmada; pero enseguida una enorme agitación se adueñó de su ánimo: murmuraba palabras muy deprisa, quería levantarse del lecho, elevaba los brazos hacia el cielo...

—Corre, Juan, ve a buscar al rabino —ordenó su padre.

—Pero, padre...

—¡Corre! Y cuida que nadie te sorprenda.

Y Juan no osó oponerse a lo que él decía; tanto vigor y autoridad había en su voz y en su mirada. Y corrió cuanto le fue posible, apretada su alma de angustias y preguntas. ¿Qué era esto que sucedía ahora? ¿Su madre quería morir como cristiana y su padre le imponía morir en la Ley de Moisés? ¿Y él qué podía hacer? ¿Enfrentarse a su padre? Lo dudó unos momentos, pero siguió corriendo. Se dijo que no podía hacerlo, o mejor, que no se atrevía a ello.

El rencor comenzaba a invadirle, el rencor y el desprecio. Se dijo que no amaba a su padre y que lo despreciaba porque era un hombre injusto. Pero también se dijo que en la misma medida sentía desprecio por sí mismo, porque era, sin duda, un mozo cobarde y débil.

La ida fue un camino de dolor y de dudas; la vuelta fue un camino de angustias y temores. Sabía que al ir con el rabino, los dos estaban en peligro, pues no podía un judío llegarse a barrio de cristianos, como no fuera médico, con la noche ya echada, y no podía un cristiano franquearle la entrada bajo ningún motivo. Y si lo descubrían, ¿qué podía decir?

Pero nadie los descubrió, y deprisa, aprovechando sombras, llegaron a su casa. En la puerta alguien hacía la guardia:

—¿Quién va a estas horas? —preguntó la voz de uno de sus parientes.

—Soy yo, Juan —respondió apenas en susurros.

La puerta se abrió. Primero una rendija, y luego, al ver que el que allí estaba era quien decía ser, se abrió del todo:

—Entrad, entrad deprisa, que el Ángel de la muerte no quiere esperar más.

Al llegar a la alcoba, su madre tenía el rostro vuelto hacia la pared mirando a oriente (1).

Juan se sobresaltó; pensaba que así murió Rubén. «De esta manera exhalan el último suspiro los judíos,

(1) Porque Israel está en oriente.

recuerdan a Israel, con la mente y el cuerpo», le explicó entonces Isaac.

Y ahora, ¿qué significaba aquello? ¿Sería sólo casualidad? ¿O fue su padre quien dispuso su cuerpo de tal modo? Otra vez sintió que el rencor lo invadía, porque si fuera así, ¿qué clase de hombre era aquel que osaba forzar la voluntad de quien tenía la muerte posada ya en su rostro? No sabía qué pensar, y de pronto oyó la voz, ya casi sin sonido, de su madre. La entendió a duras penas:

—Juan, hijo.

Acudió presuroso junto al lecho. Pero ella murmuraba muy quedo palabras que él no oía. Por tratar de entenderlas juntó su rostro al suyo. Lo que oyó lo turbó por completo:

> *«Como el ciervo anhela*
> *las fuentes de las aguas,*
> *así mi alma*
> *te anhela a ti, Yahvé* (1).»

—¡Madre! —murmuró Juan dolorido, sin comprender aquello que decía.

—Juan, hijo.

—¿Qué madre? ¿Qué me queréis decir?

—«Oh Jerusalem, si yo de ti me olvido, se me olvide mi diestra.»

Fueron sus últimas palabras.

---

(1) Léase Adonai.

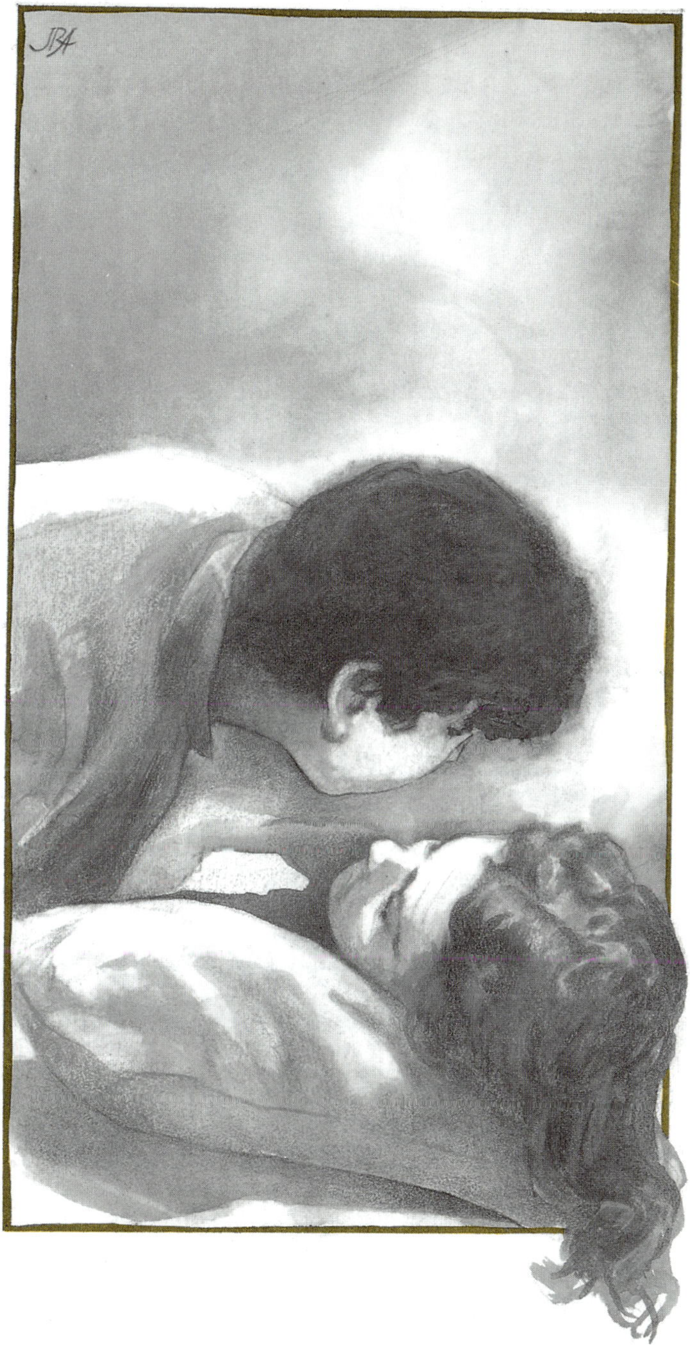

¿Por qué las dijo? Parecía que ella deseaba que él las recogiera. Sin embargo, no lo podía entender, porque antes quiso morir cristiana. Serían quizás los delirios de la muerte.

Juan salió confuso y entristecido de la alcoba. Deseaba estar solo y marchó al patio.

En el patio la noche derramaba silencios y suave luz de luna; y allá arriba estaba el cielo tan claro y tan sereno que parecía imposible que fuera el manto que cubría las tristezas de la tierra.

Sosegar, sólo eso quería. Su madre ya había muerto, y él tenía el alma tan rota y tan confusa que no podía pensar. Sentía, solamente, y sentía de manera tan honda y tan cruel que, si hubiera podido, se habría arrancado el alma para arrojarla lejos.

Oyó ladrar a un perro, y pensó que era mucho más fácil ser perro que ser hombre.

Sosegar, sólo eso quería.

Pero ni siquiera eso pudo, porque poco después llegaron las criadas. Llevaban cántaros que contenían agua, y toda la vertieron en la tierra del patio.

Juan las miraba hacer sin saber qué era lo que hacían. Más tarde supo que estaban cumpliendo los ritos judíos de los muertos. Derramaban el agua de todo recipiente por si el Ángel de la muerte hubiera lavado con ella su espada ensangrentada.

Luego las criadas encendieron candiles y dispusieron

en un lugar bien visible de la cocina una escudilla que también contenía agua; para que el alma que con tanto trabajo acababa de abandonar su cuerpo, viera fácilmente en dónde hallar alivio y frescor.

Con todos estos ritos, que aún desconocía, Juan no pudo encontrar el sosiego que tanto deseaba; sin embargo, se distrajo algo, y los negros sentimientos que invadían su alma se tornaron un poco menos oscuros. Después llegó el sueño, que es hermano del alivio, y cuando cantaron los primeros gallos, Juan entró en casa, y sin acostarse, sentado sobre un recio e incómodo taburete con la espalda apoyada en aún más recio muro, se quedó dormido.

12 Noche de sobresaltos

EL cuerpo de la madre de Juan quedó en reposo al amparo de los muros de la Iglesia de San Pedro, en tierra bendecida por manos cristianas. Para su familia, la tarde azul de mayo fue tarde oscura, tan triste y fría como una de enero. Y luego, ¡qué vacía y qué extraña se les volvió la casa sin su presencia!

Juan deseaba que llegara la noche para que el sueño diera tregua a su dolor y a sus dudas, porque en dudas estaba todavía. Pero con la noche no llegó el reposo que esperaba, muy al contrario fue noche mala, de ajetreos y sobresaltos.

Apenas se había metido en el lecho cuando su padre entró en la alcoba:

—Juan, levántate deprisa —le dijo con voz agitada e imperiosa. Aquélla era una voz que no admitía réplicas. Y Juan obedeció, sorprendido y somnoliento, preguntándose qué era lo que podía suceder.

Cuando su padre se dirigió al patio, pensó que querría aliviar su tristeza respirando los aires de la noche, y que el silencio a solas le hacía daño. Quizás quisiera únicamente compañía, o quizás deseara explicarle alguna cosa o confiarle algo. Pudiera ser que ahora le dijera el porqué de su extraña conducta cuando murió su madre. Quizás por fin pudiera él hallar la calma y resolver sus dudas.

Pero se equivocaba, no era calma lo que le iba a deparar la noche.

Al mirar hacia las cuadras, vio luces pequeñas que se agitaban. Parecía que alguien con un candil fuera de un lado a otro. Miró a su padre con inquietud porque no eran horas para que en las cuadras hubiera luces; pero a su padre tal hecho no parecía producirle inquietud alguna. Juan no tuvo demasiado tiempo para asombrarse por ello, porque otro asombro mayor lo invadió enseguida: de las cuadras salían algunos de los amigos y parientes de su padre llevando a las espaldas extraños envoltorios. Su padre tomó para sí uno de ellos y otro se lo entregó a él.

—¿Qué es esto? —preguntó el muchacho sorprendido.

—Una azada; pero ahora salgamos.

Juan no podía entender lo que estaba sucediendo. ¿Qué pensarían hacer con una azada a tales horas? ¿Querría su padre dar labor a las viñas por la noche? ¿Es que así convenía para las cepas? Intentó preguntar y no obtuvo respuesta:

—Calla y marcha con cautela —le dijeron.

¡Marchar con cautela! Pero, ¿hacia dónde?

No era el camino que conducía a las viñas el que tomaron, sino que, bajando por la calle de la Pinturería, siguieron luego bordeando la puerta de Castilla y se dejaron a un lado las rúas de la Zapatería y de la Ferretería, para subir luego por la de la Ferrería.

Marchaban con pasos de sigilo. Oyeron el ladrido de un perro y se detuvieron con los sentidos alertas. Pero el perro calló y prosiguieron la marcha.

—¿Hacia dónde vamos? —se atrevió a preguntar Juan en susurros.

Su padre le impuso silencio con un gesto. Sin embargo, no tardó en saber lo que deseaba, porque al llegar a orillas de la iglesia de San Pedro, otra vez se detuvieron todos, y todos miraron de un lado a otro, tratando de ver entre las sombras a alguien que a ellos pudiera verlos. Nadie había y, por tanto, de uno en uno, saltaron el muro que cerraba el cementerio. «Silencio, cuidado» —susurraban—. «Silencio.»

Juan sentía los latidos de su corazón en todo el cuerpo. Aún no entendía lo que allí iban a hacer, pero el temor a algo que presentía le atenazó las piernas igual que zarpas. No se podía mover. En un cepo de asombro y de temores las tenía.

—¡Salta! —apremió su padre.

Y saltó, no supo cómo, pero salió del cepo y se halló, como todos, dentro del cementerio.

Picos y palas levantaban la tierra en el mismo lugar donde su madre reposaba.

Juan los miraba hacer con ojos espantados.

—Trabaja, Juan, que el tiempo que tenemos es muy breve —ordenó su padre.

El muchacho lo miró sin moverse: «¿Se habrá vuelto del todo loco?» «¿Tendrá tanto pesar que querrá ver su rostro por última vez?» «¿Olvidaría poner sobre su cuerpo algún objeto que ella estimaba mucho?» «¡Oh, Dios! ¿Qué será esto?», se preguntaba.

—Trabaja, Juan —la voz de su padre estaba preñada de amenazas.

Juan comenzó a cavar. Las fuerzas le fallaban y no podía pensar en lo que hacía.

—¡Más deprisa, Juan! —la tierra se iba abriendo.

—¡Más deprisa!

El hueco de la tierra se agrandaba, y también se agrandaba el hueco de terror que Juan sentía en el pecho; en él se hundían todos sus pensamientos. Y no quería pensar, ni mirar hacia abajo.

Se detuvo. Ya faltaba muy poco. No quería levantar aquel manto de tierra que cubría el cuerpo de su madre.

—Sigue, Juan, sigue.

No podía seguir. Él no podía.

—Ya está —oyó decir a alguien.

Juan detuvo su brazo con espanto:

—Pero, padre, ¿qué hacéis?

—¿Es que aún no lo entiendes? Sacamos su cuerpo de la tierra en la que nunca podrá tener reposo.

—Padre, no podemos hacerlo —dijo Juan con voz débil.

—Sí podemos, otros lo hicieron antes. Corremos gran peligro, lo sabemos. Pero yo la quería, y por ello me arriesgo. Descansará su cuerpo en tierra virgen y solitaria, muy cerca de aquellos que fueron sus hermanos, no en la sangre, sino en la Ley y en el espíritu.

—Pero madre quiso morir como cristiana.

Su padre lo miró con ojos extrañados:

—¿Qué dices, hijo? Tu madre fue judía, siempre, en su corazón. Murió como judía.

—¿Entonces, por qué solicitó ser enterrada con el hábito de Santo Domingo?

A pesar de que la luz era débil y escasa, Juan distinguió la sonrisa en labios de su padre:

—Porque es blanco, hijo mío —respondió, y enseguida añadió:

—Y blancos siempre son los paños con que bajan a tierra los cuerpos de judíos. Para cumplir la Ley sin infundir sospechas, son muchos los llamados conversos que piden que, al morir, les sirva de mortaja el hábito de Santo Domingo.

Del pecho de Juan subió un hondo suspiro que dejaba escapar desconcierto y tristeza: ya estaban aclaradas su dudas por completo. Todo lo comprendía, tristemente.

Luego el cuerpo de su madre fue envuelto en lienzos blancos. Un fardo parecía. Con prisas taparon la tumba otra vez, y con prisas dobladas saltaron de nuevo las tapias de San Pedro.

—Y ahora, que Dios nos proteja —susurró su padre.

Después, en el camino, temor a cada paso. Temor por detrás y temor por delante, porque en cualquier lugar podía estar el peligro. Juan creía ver ojos en el aire, ojos que estaban al acecho, cien, doscientos, mil... Todos los de Vitoria. Sin embargo, llegaron al monte que llamaban de los judíos sin el menor tropiezo. Y allí, en Judizmendi (1) nuevamente las prisas para romper la tierra.

En el hondo silencio de la noche los golpes de picos y de azadas sonaban terribles y tristísimos. Y cuando estuvo abierto el hueco suficiente, el padre descubrió con mano trémula el cuerpo de la madre, y acarició su rostro y ungió sus manos y sus pies con bálsamos y aceites olorosos. Después la dejó dulcemente en la tierra.

Y Juan vio cómo otra vez la tierra arropaba aquel ser que antes fue tantas cosas: alegría, dolor; amor y miedo; verdad y mentira..., ahora sólo era silencio. Silencio como todos los muertos.

—De hoy en adelante tu cuerpo será alimento de plantas florecidas, raíz de vida nueva. Ya estás, es-

---

(1) Judizmendi quiere decir monte de los judíos, en vasco.

posa amada, en donde estar querías —escuchó murmurar a su padre.

Después Juan oyó la oración de la mujer prudente, que servía de alabanza a aquella que fue su madre:

> *«Una mujer perfecta, ¿quién la hallara?,*
> *vale mucho más que las perlas.»*
>
> ....
>
> *«Sus hijos se levantan*
> *para proclamarla bienaventurada,*
> *su marido para hacer su elogio.»*
> *«Engañosa es la gracia, vana la belleza.*
> *La mujer que teme a Yahvé (1)*
> *ésa debe ser alabada.»*

El rezo seguía; pero una oleada de tristeza invadió el pecho de Juan. Alzó la cabeza para evitar las lágrimas y fue entonces cuando divisó la oscura forma que se deslizaba entre sombras desde Judizmendi hacia abajo.

(1) Léase Adonai.

13 ¿Quién corre?

JUAN sintió una sacudida de temor. El miedo corrió por su cuerpo y oprimió su mente: ¿Quién sería aquél? ¿Qué habría visto? ¿Y adónde iría con tantas prisas...? ¿Sería quizás únicamente algún curioso sin malas intenciones...? Pero no eran aquellas horas para ir curioseando. ¿Y si fuera alguien que les tenía malquerencia? Ah, entonces no le cabía duda de que aun siendo de noche presentaría denuncia de lo que hubiera visto. No quería pensar en lo que en tal caso sucedería luego. Debía detenerlo y averiguar quién era y qué se proponía. No sabía la manera de lograrlo; pero no tenía tiempo sino para correr tras él.

En silencio, con las mayores prisas, sin alertar a nadie, abandonó Judizmendi. Después corrió cuanto le fue posible.

De pronto se detuvo perplejo, porque de entre unos matorrales salió alguien que comenzó a correr detrás de aquel que ya corría.

¿Y éste quién podría ser? Juan estaba por completo asombrado; pero siguió corriendo, preguntándose a cuál de ellos dos debía detener. Al primero era cosa que ya tenía decidida; pero ¿y al segundo?

Sus temores crecieron: si ambos eran delatores su familia estaba ya perdida. A uno quizás pudiera detenerlo, y quizás convencerle con razones para que callara; pero a dos no, no parecía posible. Se imaginaba ya uno de aquellos terribles autos que llamaban de fe. Solían celebrarse en Calahorra... Ya veía el fuego envolviendo su cuerpo. Se estremeció de espanto. «¡El fuego!» Iba a morir quemado por hereje, él, que en su corazón se sentía cristiano.

Se detuvo un momento estremecido: ¿Y si ahora se marchara a su casa? Él no era culpable de todo aquello y, si la Inquisición abría luego juicio, bien podría decir que no sabía nada de lo que imputaran a su padre... Quizás la persona que miraba en Judizmendi no distinguió su rostro, la noche no era clara. Quizás no distinguiera rostro alguno. Durante unos instantes sintió algo de alivio, muy bien podía ser que no supiera quiénes eran los que abrían la tierra allá en el monte. Pero enseguida pensó que tanto daba, su padre de todas formas se hallaba en gran peligro, porque, presentada denuncia, muy fácil era saber quiénes enterraron a oscuras y en silencio a alguien en Judizmendi. Bastaba con levantar la tierra removida.

Tenía que hacer algo, no podía irse a casa y dejar a su padre a solas con su suerte.

Siguió corriendo, y mientras corría daba vueltas en su mente tratando de encontrar alguna solución.

Pensó en el oro. Por oro delataban algunos, para obtener beneficios a cambio de una denuncia. Si a aquellos que corrían él les ofreciera oro a cambio de silencio, quizás callaran. En su casa lo había en abundancia. Su padre era hombre rico, y no estaría remiso en entregarlo para salvar la vida.

Corría ladera abajo con algo de esperanza, pensando que, si se daba prisa, todavía podían salir con bien de aquel enorme aprieto. Y de pronto, otra vez se detuvo, porque el que iba detrás de aquel otro que corría en primer lugar le estaba dando alcance, y, según parecía, su ademán era de amenaza.

Lo fue en efecto, porque, muy ágilmente, se echó sobre él derribándolo en tierra.

Perplejo, oyó rumor de forcejeos y palabras entrecortadas; luego, tras extraños murmullos, se hizo el silencio.

Juan aguzó los sentidos tratando de percibir algo: movimientos, palabras, cualquier cosa... Por fin, después de algún tiempo, que le pareció demasiado largo, escuchó el arrastrar de un cuerpo.

¿Qué estaba ocurriendo? Otra vez pensó en huir amparado en las sombras, quizás todo aquello no tuviera relación con él y su familia. Pero, nuevamente recordó a su padre, y decidió que era mejor saber. Tenía que averiguar quién era el que los vio en Judizmendi y quién aquel otro que había detenido su carrera.

Corrió con pasos de pájaro pequeño hacia donde le parecía que arrastraban el cuerpo. Acercándose, su corazón saltaba y en su mente estaban unidos curiosidad y miedo.

La luna se escondió entre las nubes, y la noche se volvió más oscura; nada se distinguía en la distancia que no fueran contornos de árboles y arbustos. ¿Dónde podían estar aquellos que buscaba?

Casi les cayó encima, estaban allí mismo, a dos pasos. Ahogando una exclamación, se ocultó en las sombras.

Observó que había alguien tendido en tierra y alguien que estaba inclinado junto a él. Aguzando la vista, pudo distinguir que el caído parecía estar atado, pues hacía movimientos extraños y convulsos; pero de ningún modo conseguía alzarse, ni siquiera elevar los brazos.

Debió hacer algún ruido sin quererlo porque el que estaba inclinado se levantó de un salto. Juan casi gritó cuando, a pesar de la mucha oscuridad, alcanzó a ver su rostro. Era un rostro tan conocido para él como el suyo propio, o aun más, porque se suelen ver con mayor frecuencia los rasgos de un amigo que los de uno mismo.

En un instante Fernando estuvo junto a él y le tapó la boca:

—Calla, creo que no me ha visto, lo tomé por detrás —le susurró al oído.

—Pero, ¿quién es?

—Francisco de Toledo.

—¡Oh, Dios! ¿Y sabes tú qué ha visto?

—Lo ha visto todo. Traté de detenerlo antes; pero no fue posible.

—Y ¿de qué forma supiste de esto que hacíamos?

—Tenía oído que a veces los conversos toman a los que mueren y en secreto mudan su cuerpo de una tierra a otra para que así descansen con los suyos. Antes no se me daba nada en ello; pero hoy pensaba en ti y no podía dormirme, porque también pensaba que hubo algunos que por esa causa murieron en la hoguera.

Juan tembló al oír sus palabras.

—Y como estaba inquieto me salí al patio —continuó

Fernando—. En la calle escuché unos pasos furtivos, me encaramé en el muro y lo vi a él. Marchaba hacia tu casa. Pensé correr y, dando alguna excusa, tratar de detenerlo. No sé, que había visto a su gato perseguido de perros..., cualquier cosa. Pero hice ruido, mi madre se levantó del lecho y preguntó qué hacía. Le tuve que decir que había salido al patio para aliviar mi vientre. Después no tuve otro remedio que esperar a que ella se durmiera. Cuando pude salir, no hallé nadie en la calle, tampoco a ese Francisco que vaga igual que un alma en pena. Recelando marché hacia San Pedro, y tampoco había nadie; pero se me entró en la nariz el olor a tierra removida, ya sabes tú que mi olfato es de perro, y ya no tuve dudas. Me preguntaba qué era lo que debía hacer. Durante unos momentos pensé volver a casa, y no andar de revuelo a tales horas. Pero luego se me vino a las mientes un pensamiento horrible. Y era que ese malandrín de Francisco de Toledo subiría a Judizmendi siguiendo vuestros pasos; y si algo descubría, que lo descubriría, iría como el viento a presentar denuncia para procurar que en el mismo lugar en el que estabais, fuerais descubiertos. Recompensas buscaba el miserable. Entonces subí al monte también, y allí estaba él, mirando con ojos de lechuza, tal como yo pensaba.

«Muchas prisas tenía el malandrín en volver a Vitoria. Me oculté cuando él comenzó a descender la loma. Y viéndolo, se me vino a la mente la idea de detenerlo. Después pensaría algún modo para sellar sus labios. Quizás hablarle de espíritus de muertos que cogen por las noches a aquellos que delatan y se los llevan lejos; ya sabes, cosas, cualquiera serviría. De momento lo único importante era cortar sus pasos.»

«Y ahí lo tienes. Amarré sus manos con mi cinto, y le tapé los labios con un retazo de tela que corté a mi camisa como pude.

»Ahora no sé qué voy a hacer con él. Pero tú todavía tienes tiempo, antes que llegue el alba, de dar aviso de lo que ha sucedido. Con prisas habréis de poner nuevamente el cuerpo de tu madre en tierra de San Pedro.»

Con prisas y sobresaltos pasó lo que todavía restaba de la noche. Pero al fin todo fue hecho del modo que era conveniente.

Sin embargo, llegando al alba, aún estaban Fernando y Juan sumidos en preocupaciones, porque entre arbustos Francisco de Toledo seguía maniatado. Y, ¿quién podría soltarlo? Juan no osaba porque quizás lo hubiera visto en Judizmendi, y Fernando tampoco porque el cinto que le ataba las manos era el suyo, y como estaba labrado (1), bien pudieran reconocerlo. Y además, ¿qué excusa le darían para andar en el monte a aquellas horas? No tenían ninguna.

De pronto, a Juan se le alegró el semblante:

—¡Isaac! —susurró—. Isaac se sube muchas veces con su padre al monte muy temprano para buscar plantas medicinales. El sol no las puede rozar, con rocío de noche deben ser recogidas; él tiene buena excusa, todo el mundo lo sabe.

Fernando asintió con alivio:

—Puede subirse al monte con un cesto de hierbas y

(1) Trabajo realizado sobre cuero.

una soga o cordón. Tomar el cinto con presteza y ocultarlo en la cesta no le será difícil, en su lugar ha de dejar la cuerda. Hasta el mismo Francisco creerá sin recelo que con ella fue atado; nadie sabrá del cinto, y a nadie extrañará que Isaac, que es tan madrugador, lo encontrara en la loma. Y luego, aunque ese malandrín diga lo que vio anoche, nada podrá probarse. En Judizmendi estará la tierra removida únicamente; pero eso no es bastante, porque en San Pedro, debajo de una cruz, descansa el cuerpo de tu madre, y allí lo encontrarán, si quieren verlo.

—Isaac, sí, Isaac ha de sacarnos de este terrible apuro —susurró Juan con ojos aliviados—. Pero vayamos presto, que hemos de llegar hasta la Judería, franquear la muralla sin ser vistos y entrar en casa de Isaac de igual manera. Y todo esto antes de que el sol salga.

14 La peste

NO era tarea fácil entrar en la Judería con las puertas cerradas; pero había un hueco en una de ellas, y por allí se metieron. Encogidos en el cuerpo y en el espíritu, temiendo a cada paso ser descubiertos, llegaron hasta casa de Isaac. Saltaron las tapias de las cuadras también temiendo. Y debieron hacer algún ruido, pues se alteró la yegua y relinchó; el perro inició un ladrido furioso; pero los conocía y calló enseguida. De todas formas una luz se prendió en la casa.

Fernando y Juan corrieron a ocultarse en el pajar. El perro, creyendo que era un juego, se les puso al lado moviendo el rabo.

—¡Vete, Tizón, vete! —Juan estaba nervioso.

—Cállate ahora, Tizón, que estamos en aprietos.

Fernando más calmado, lo tomó con ellos y también lo ocultó.

Alguien descorrió los cerrojos del portalón trasero. ¿Qué le podían decir si Tizón salía de donde estaban y, con rabo amistoso, llegaba a descubrirlos? Pensaban que sería el padre de Isaac o el mozo que cuidaba la cuadra, o una criada, mas no era así; cuando vieron la cara de Isaac escudriñando sombras, se les deshizo aquel nudo de miedo que tenían en el pecho.

—Chist, Isaac, somos nosotros —susurraron sin salir del pajar.

Isaac, sorprendido, no alcanzaba a comprender del todo, y sus gestos eran de ver aparecidos.

Fernando rió en voz baja:

—Isaac, que no somos fantasmas, acércate al pajar —repitió.

Isaac llevaba el sueño en las pestañas y el asombro en el rostro.

—Pero, ¿qué hacéis aquí de madrugada?

—Vámonos pronto, te daremos razón de lo que ocurre mientras corremos. Ponte algo por encima a toda prisa, que el alba ya se anuncia. Vamos presto, Isaac.

Al fin pudo Isaac entender qué pasaba, y enseguida marchó con las mayores prisas camino de los montes. Fernando y Juan marcharon hacia sus casas, pues no convenía que nadie los hallara de ronda por las calles a hora tan temprana. Además querían dar al cuerpo un algo de descanso, pues lo sentían molido.

—De harina son mis huesos —decía Fernando.

—Los míos de manteca, y mi mente es de agua fría —añadió Juan, cuando se retiraron.

Pero no llegó el descanso que tanto deseaban. Y el sueño apenas si fue un velo que durante un tiempo, demasiado breve, cubrió sus párpados. Pues muy pronto llegó Isaac a casa de uno y de otro. Tenía el color perdido por completo y el semblante confuso y alterado.

—¿Qué le habéis hecho? No se puede mover, apenas da dos pasos y ya se cae. Además dice cosas que no tienen sentido.

Juan respondió que él no sabía nada y Fernando lo miró con ojos de extrañeza:

—Ni un golpe di en su cuerpo. Lo derribé en la tierra, pero fue sobre hierba mullida. Después le até las manos y le tapé la boca poniéndole mordaza, únicamente eso.

—Quizás también tapaste su nariz.

—No, porque oí los ruidos que con ella hacía, eran de toro enfurecido. Soplaba y resoplaba.

—Entonces no lo entiendo.

—¿Y ahora qué podemos hacer? —preguntó Juan.

—Correr en busca de mi padre, él hará lo que sea conveniente; pero tendréis que darle informe de lo que ha sucedido.

Juan, que ya estaba muy pálido, perdió el poco color que quedaba en su rostro.

—Mi padre pondrá sello en sus labios, Juan, no te alteres por eso, de sus labios no saldrá una palabra.

Don Abraham corría poco después con su hijo hacia el Monte de los Judíos. Por dentro susurraba: «Oh, Señor, en qué aprietos nos ponen los conversos. Debemos ayudarles, ya lo sé; pero en cuántos apuros y peligros nos vemos por su causa.»

El cuerpo de Francisco de Toledo yacía en tierra, entre los matorrales. Cuando oyó que alguien se acercaba, trató de levantarse. Dio dos pasos extraños y perdió el equilibrio.

Don Abraham y su hijo corrieron hacia él. Francisco los miró con mirada perdida. Tenía los ojos tintos en sangre, y un temblor violento y continuo le sacudía el cuerpo. Don Abraham lo tomó entre sus brazos.

—No fue una mano humana la que le infligió este mal —dijo a Isaac.

Los ojos de Isaac se aliviaron oyendo sus palabras; sin embargo, en los ojos del médico había una muy grande y profunda desazón.

Cuando llegaron a Vitoria, la madre de Francisco estaba en el umbral de su casa, sus voces despertaban al día que entonces se iniciaba:

—Francisco, ¿dónde estás?, ¿en dónde te has metido tan temprano? Ven, mozo, porque te necesito. Tendrás tu merecido si no acudes al punto —gritaba.

Francisco alzó durante unos momentos su cabeza vencida:

—Usted me mandó al monte, ¿no lo recuerda, madre? Y de allí vengo —susurró—. Pero sus palabras eran torpes y débiles, casi sin sonido.

—Calla muchacho, y no hagas esfuerzos —le dijo don Abraham, y luego añadió—. Adelántate, Isaac, y dile a esa mujer algo de lo que ocurre; y ve deprisa, que no despierte a otros.

La madre de Francisco, oyendo las primeras palabras que Isaac le decía, corrió hacia los que llegaban.

—¡Oh, Dios mío! ¿Qué le ocurre a este hijo cuitado? —preguntó con voz de honda inquietud.

—Lo halló Isaac cuando subía al monte para buscar hierbas de medicina —explicó el médico.

—Pero, ¿qué ha sucedido? ¿Es que se dio algún golpe? —quiso saber la madre; y luego, sin esperar respuesta, siguió hablando con palabras cortadas por gemidos—. ¡Ay, Dios!, que lo mandé esta noche a buscar fortuna y encontró su desgracia. ¡Ay, Dios!, creía yo que estaba ya de vuelta y descansando y estaba en el monte lastimado. Hijo mío, hijo mío, quería darte oro para toda la vida, y te he puesto en trance desdichado.

—No fuiste tú, mujer, la culpable de nada, no se dio el mozo ningún golpe; su mal son esas fiebres que ahora andan —dijo el médico.

Y entonces la mujer pareció haberse vuelto loca:

—¡Ay! —gritó—, que es entonces peor, porque esas son fiebres que llevan a la muerte. Castigo de lo Alto me ha venido, que no tenía yo celo de religión, sino codicia para aumentar mi hacienda, y además de codicia era también venganza. ¡Ay, ay, ay, cuán desgraciados somos, que Dios nos ha mandado el dardo de su enojo por mi culpa!

Don Abraham e Isaac la miraban sin saber qué hacer ni qué decir. Y ella seguía, entre sollozos, relatando sus cuitas, pues parecía querer aliviar con palabras el peso de algún secreto que guardaba en su pecho.

—...Y lo mandé por pruebas esta noche, pues pensé que ese vecino mío, muerta su mujer, había de judaizar, porque esa fue su condición de antiguo. Estando yo en Toledo, de donde somos ambos, judaizó su padre y murió en la hoguera. También él judaizó; pero pidió perdón y penitencia, y ambas cosas le fueron concedidas. Luego marchó de allí y no supimos en qué lugar se hallaba. Muchos años después, al morir mi marido, me vine yo a estas tierras, y aquí lo hallé; él no supo quién era, mas yo nunca olvidé su rostro; no lo podría olvidar pues por su causa perdí la tienda que en Toledo tenía justamente al lado de la suya.

Isaac la miró con asombro.

—Si por su causa fue —añadió la mujer— debió echarme mal de ojo. No fue algo que el cielo permitiera, porque yo era cristiana antigua y él converso, y yo trabajaba todo el día sin bromas y sin chanzas, mientras que él cantaba y reía; sin embargo, los vecinos preferían entrar en su tienda, estando la mía como estaba mucho mejor surtida. Y al fin hubimos de cerrar aquel comercio nuestro, y vivir de trabajos más duros y más viles. Con malas artes lo logró, y por eso, al hallarlo en Vitoria, pensé que con malas artes había de actuar yo también: «Quien judaizó una vez, lo hará de nuevo; has de estarle al acecho», me dije. Por venganza lo hacía y también por buscar recompensa. «Si pruebo su herejía, la Santa Inquisición ha de darme su tienda como pago». Eso pensaba, y no había en mis pensamientos ningún celo de velar por la religión de Cristo. Y ahora Dios me manda castigo en este mal que padece mi hijo. Cuitado él, que no es culpable; cuitada yo, que sí lo soy.

—Espera todavía, mujer, que examine su cuerpo, pues quizás me equivoque —dijo don Abraham sin hacer ninguna otra mención a lo que había oído.

Descubriendo estaba el cuerpo del muchacho cuando la madre gritó de tal manera que el aire pareció quedar quebrado en más de mil pedazos; y el grito aquel salió por las ventanas, subió a la chimenea, y hasta el techo partió, o al menos así lo parecía.

—¡Es peste! Este mal es mal de pestilencia.

Don Abraham trató de silenciarla.

—Calla, mujer. ¿Qué sabes tú de eso?

Pero ella insistió:

—Peste es, segura estoy de ello. Esas manchas del vientre, y esas bubas debajo de los brazos, señal de peste son. Ya la vi en Toledo cuando era muchacha. ¡Peste! La reconozco bien, de ella murió mi madre.

—Calla, mujer, calla.

—¡Peste! ¡Peste! Y no malas calenturas. El cielo nos arroja una lluvia de flechas con ponzoña. San Sebastían nos guarde o todos moriremos.

Desde ese momento la terrible palabra corrió por la ciudad como fuego en un monte de verano: ¡Peste! ¡Peste!, y todo lo demás quedó en olvido, todo, hasta el edicto de expulsión que los reyes dictaron. Ahora nada importaba sino el tremendo mal y el modo de atajarlo.

Algunos huyeron de la ciudad, los más ricos, que tenían hacienda y casa en otra parte, y los más pobres que en cualquier lugar hallaban techo, pues por techo tenían a las estrellas.

Pero los más se quedaron. ¿A dónde podían ir? ¿Qué podían hacer sino mendigar? Por otra parte, algunos tenían ya parientes que habían enfermado. ¿Cómo podían dejarlos?

En cuanto a los judíos, no sabían qué hacer; en tiempos de peste, lo prudente era marchar; pero muchos todavía abrigaban la esperanza de que los reyes revocaran el edicto de expulsión, y si era así y partían ahora, dejando sus casas, luego, cuando volvieran, seguramente ya no serían suyas.

Con todo, esperaban el consejo de los sabios de la comunidad, entre los cuales se hallaban los rabinos y los médicos.

15 Los médicos judíos

DON Abraham, don David, don Moisés y don Jacob, los tres primeros, médicos, y el cuarto, cirujano, se hallaban reunidos. Isaac podía oír sus voces tras la puerta cerrada de la estancia en la que su padre solía examinar a los enfermos y preparaba sus medicinas. Los cuatro discutían, pues el motivo del debate era grave y entre ellos había distintos pareceres.

—¿Por qué nos hemos de quedar en Vitoria? Si los cristianos no quieren compartir con nosotros sus vidas, ¿por qué vamos con ellos a compartir la muerte? —preguntaba don Jacob con voz muy alterada.

—Porque somos médicos —repuso don Abraham.

—Yo os comprendo, don Jacob. Ciertamente, los reyes Isabel y Fernando han dictado decreto de expulsión porque, según dicen, ponemos en peligro la fe de los cristianos. Tendremos que partir antes que llegue julio. Pero sería prudente marchar ahora. Todos sabemos el dicho de la gente: «Cuando hay pestilencia, las tres eles: luego, luengo y largo (1).» Sería prudente, sí, los cristianos de mayor hacienda ya lo han hecho.

(1) Enseguida, lejos y durante mucho tiempo.

Pero aunque, como ya he dicho, os comprendo, don Jacob, tengo que recordaros que vos y yo, y todos los que aquí estamos no podemos pensar en la prudencia, tenemos que pensar en los enfermos. Juramos no abandonarlos nunca, ¿ya lo habéis olvidado? —dijo don David.

—Pensad que si marchamos, quedarán sin socorro muchos de los que sufren —añadió don Moisés.

—Pensad también que tenemos en Vitoria muchos y muy buenos amigos —dijo don Abraham— que siguen muy de cerca nuestras cuitas.

—Pero otros se alegran viéndonos en ellas —protestó el cirujano.

—Es cosa natural que en toda una ciudad haya alguien que nos vuelva la espalda.

—¿Llamáis volver la espalda a sentir complacencia por nuestra gran desgracia? Muy pronto tendremos que dejar por fuerza nuestra casa, las tierras que nos vieron crecer, los cielos que eran nuestra alegría... Cuando hayamos marchado, si miramos al frente, ya nunca veremos la llanada cubierta de viñedos. Si alzamos la mirada, no veremos tampoco los montes ondulados ni las viejas encinas..., nada será lo mismo en otra parte, ni el sol siquiera. Y cuando nos marchemos, estos vecinos nuestros comprarán nuestros campos y viñas por muy pocos dineros. Muchos se alegrarán por eso, tenedlo por seguro, don Abraham.

—Muchos no, sólo algunos.

—Los algunos de hoy, serán muchos mañana, ya veréis.

—No lo creo yo así; pero además aún guardo la esperanza de que los reyes vuelvan atrás de tan injusto acuerdo.

—No pienso yo en eso de los reyes igual que vos, don Abraham —dijo don David— porque he oído que el edicto fue dado en marzo y sin embargo, no se hizo público hasta final de abril. Y eso fue así porque los judíos que estaban junto a doña Isabel y don Fernando les rogaron que volvieran atrás de lo acordado. Pero, según parece, de nada sirve ahora la amistad de los reyes. «Convertíos y podréis permanecer en vuestras casas», dicen ellos como única respuesta. En fin, sea como fuere, somos médicos y debemos quedarnos.

—Los cristianos nos odian —insistió don Jacob.

—No todos —volvió a decir don Abraham.

—Amigos —interrumpió don Moisés—. Vayamos al asunto que ahora nos ocupa, y dejemos las discusiones vanas. Unos nos odian, pero otros no, y lo sabemos. El caso es que debemos decidir si quedamos en Vitoria o si marchamos, pues de una forma u otra al Concejo de la ciudad habremos de dar cuenta de nuestro acuerdo. El mal de pestilencia está en el aire, con el aire entra la enfermedad dentro del cuerpo; cualquiera está en peligro, cualquiera que respire, y todos respiramos. Nosotros, como todos, podemos enfermar. Si marchamos, Vitoria se quedará sin médicos, si quedamos, nuestras vidas peligran. Ésta es la cuestión que debatimos. Debatámosla pronto, amigos míos.

—Hubo otras pestilencias en tiempos anteriores y nunca marchó un médico por estar en peligro —dijo don Abraham.

—Tenéis razón; pero entonces ésta era nuestra tierra.

—¿Moriremos por conservar las vidas de aquellos que nos quitan gran parte de las nuestras? Porque marchar para nunca volver, se parece a morir —dijo con voz alzada, pero hondamente dolorida, don Jacob.

—Pero hay algo que es peor que morir, don Jacob, y es vivir sin merecer la vida. Y si yo marchara ahora dejándome detrás el dolor que con algo puedo remediar, pensaría por siempre, cada día, que no soy merecedor del aire que respiro —añadió don Abraham.

Don Jacob sonrió amargamente:

—Habláis de merecer la vida. Pero la vida es sólo una, y quizás vayamos a dejarla en el empeño de aliviar los ajenos dolores. Pero luego, ¿quién lo tendría en cuenta? Y ahora, ¿quién piensa en nosotros? «Que marchen los judíos», dicen, no importa si están sanos o enfermos, si son niños o ancianos. Alguno ha de morir por el camino, pero qué importa. «Que marchen.»

—Quizás los reyes revoquen el edicto de expulsión.

—No lo harán —insistió don David—, la guerra de Granada ha terminado, ya no son necesarios los dineros judíos. Pero a pesar de ello yo no puedo marchar. Estaría escuchando hasta el fin de mis días los gritos de dolor de los niños enfermos. También recordaría a aquellos que fueron mis amigos. Mis amigos cristianos.

—Tampoco yo me marcho —dijo luego don Moisés—, soy médico y también soy rabino. Entre nuestros hermanos algunos han enfermado ya y otros enfermarán muy pronto. ¿Cómo podría dejarlos? Ni tampoco puedo dejar a los conversos, ya sabéis que entre ellos los hay que conservan la fe de sus padres en lo más hondo de sus corazones. Debo estar al lado de unos y otros cuando se aproxime a sus lechos el Ángel de la muerte.

—En fin, don Jacob, según parece, sois vos el único que deseáis partir; pero yo os ruego que antes de decidiros lo penséis bien, pues también vos sois el único cirujano —dijo don Abraham.

—Ya lo tengo pensado.

—En ese caso que Dios os acompañe y guíe vuestros pasos —añadió don Abraham—. Ahora nosotros iremos al Concejo para dar cuenta de nuestra decisión.

—¿Y en qué esperáis que el Concejo os lo recompense o siquiera os lo agradezca?

—Nada esperamos del Concejo; nuestro único empeño es dar alivio a los que sufren y procurar que aquellos que están sanos sigan estándolo.

—Difícil empeño es ése.

—Lo sabemos; pero hasta el día de nuestra partida de Vitoria, que será el último que sea permitido en el edicto, no daremos descanso a nuestra ciencia.

Los médicos estaban levantándose de sus asientos. Habían determinado que don Abraham y don David irían al Concejo y don Moisés marcharía a la sinagoga.

—Voy a reunir en asamblea a nuestros hermanos —explicó—. Ellos deben saber el peligro que corren si se quedan; también he de decirles que si deciden permanecer en Vitoria no lo deben hacer con las miradas puestas en los reyes de España, pues muy pocas esperanzas quedan ya de que el edicto sea revocado.

—Pues, ¿por qué otro motivo pensáis que se puedan quedar? —preguntó don Jacob.

—La peste empuja a los caminos a los que son débiles en el espíritu, los fuertes se quedan en sus casas para prestar ayuda a los enfermos. Los médicos no somos suficientes, lo sabéis muy bien.

—Vos sois médico y rabino; quedaos si así lo queréis; pero, ¿no os parece que aquellos otros judíos que a nadie deben nada sino desprecios, serían muy necios si pusieran en peligro sus vidas para ayudar a quienes no los quieren? —preguntó don Jacob nuevamente.

—Son ellos los que deben decidir qué hacen y qué no hacen, no vos ni yo. Pero a mí me parece que han de partir los ricos, y de los otros quedarán para prestar ayuda los que tengan mayores ánimos.

—Pues sabed que yo voy a gritar en medio de la Judería que marchen todos presto; ahora, sin volver la cabeza, sin pensar en los llantos de otros, pues nadie en las Españas ha pensado en sus llantos.

—Haced como queráis —susurró don Moisés.

Ya iban a partir cuando oyeron un rumor de voces alteradas y enseguida Isaac apareció en el umbral. Tantas prisas tenía que olvidó pedir licencia para penetrar en la estancia.

Su padre lo miró severamente:

—¿Qué sucede, Isaac? ¿Cómo osas entrar sin ser llamado?

—Busqué, sin hallarlo, a alguien que me prestara auxilio y dijéronme que todos los médicos se hallaban reunidos en esta vuestra casa —dijo alguien con voz entrecortada, antes de que Isaac llegara a disculparse.

Resultó ser una pobre mujer, viuda y joven, de religión cristiana, que traía a su hijuelo chiquito entre los brazos. El niño tenía ojos de fiebre y la respiración agitada.

—Temo que sea el suyo el mal de pestilencia. Salvádmelo por Dios, es mi único hijo, nada tengo que me sujete al mundo si no es él —suplicó la mujer.

Los médicos miraron al enfermo y luego se miraron entre ellos.

—El mal apenas ha empezado —murmuró don Abraham.

—Las bubas aún pueden ser sajadas; pero vos, don Jacob, ya marcháis, y vos sois de entre todos el más experto —dijo don Moisés.

—Lo haré yo en su lugar —añadió don David.

Don Jacob, intensamente pálido, miró al pequeñuelo y a su madre, dudó durante unos momentos, y de repente le tomaron las prisas:

—Pronto, Raquel —gritó llamando a la criada— cuece hojas de cardo y rosas (1) y tú, Isaac, prepárame al instante un emplasto de harina de lentejas y miga de pan (2). Y también necesito agua en abundancia y paños limpios. Y tú, mujer, sostén al niño fuertemente y ten valor, que el daño que haga mi lanceta en su cuerpo será para su bien.

Los tres médicos cruzaron las miradas y levemente sonrieron.

---

(1) Era una especie de cocción para sudar.

(2) Tal emplasto se introducía en el hueco de las bubas abiertas para su cicatrización.

—Marchamos ahora hacia el Concejo, don Jacob. ¿Qué decimos de vos? ¿Cuándo partís? —preguntó don Moisés.

—Marchad cuando bien os parezca; pero no me estorbéis con vuestras pláticas. ¿No veis que el mozuelo llora y quiero acabar pronto para acortar su duelo? —exclamó de mal talante, enfrascado por completo en la tarea de sajar aquellos bultos todavía blandos, de los que la ponzoña ya se derramaba.

—Pero, don Jacob, tenemos que dar noticias hoy mismo para que el Concejo vea el modo de buscar cirujano en otra parte —insistió don Abraham.

—Decid lo que queráis: mañana, luego, ¡nunca! Pero idos ya y no me interrumpáis —gritó—. Y tú, mujer, no tengas miedo, que yo voy a hurtarle a la muerte esta presa pequeña que ella quiere llevarse —añadió cambiando por completo de voz y de mirada. Muy mansas eran ambas.

16 Francisco de Toledo

JUAN no podía dormir: Francisco de Toledo había muerto esa tarde; él estaba a la puerta de su casa y en la casa vecina oyó voces de la madre: «Despierta, hijo, despierta» —gritaba en su dolor terrible. Luego salió a la calle con el cabello suelto y los ojos espantados, y seguía gritando:

—Quiero beberme el aire emponzoñado (1), todo el aire que pueda para morir lo más pronto posible. La vida me pesa lo mismo que una losa de piedra. ¡Oh, Dios! ¡Oh, Jesucristo!, enviadme la muerte con presteza.

Comenzaron a salir las vecinas de sus casas y algunas mujeres se afanaban en vano para darle consuelo. Ella no lo aceptaba, y alzando la cabeza, aspiraba el aire a bocanadas. Y de pronto vio a Juan y se le aproximó con pasos presurosos.

El muchacho tembló: ¿Iría a acusarlo allí mismo de haber judaizado? Su hijo tuvo tiempo sobrado de contarle lo que vio en Judizmendi. Para tranquilizarse se

(1) Se creía entonces que el mal de la peste estaba en el aire.

dijo que ya nada se podía probar; pero a pesar de ello sentía un enorme temor.

Pero aquella mujer pronunció palabras por completo distintas de las que él temía.

—No era Francisco quien os quería mal; era yo, él sólo obedecía. Yo pensé que todos en tu casa érais de los falsos cristianos que en lo secreto celebran ritos de los judíos. En una mala noche lo mandé salir y estar de acecho, creyendo que habría de ver alguna cosa extraña. Pero me equivoqué, pues nada vio, ni nadie subió a Judizmendi amparado en las sombras, tal como yo pensaba, él mismo me lo dijo cuando ya se moría, y también dijo: «Déjelos, madre, en paz, para que en paz yo pueda descansar.» Perdóname, muchacho, que Dios me ha castigado en lo que más quería. Siempre, siempre castiga Dios cuando se obra mal.

Juan la miró con ojos asombrados y, muy pálido, murmuró también palabras de consuelo. Después entró en su casa.

En la calle quedaron los llantos de la mujer aún durante mucho tiempo.

Juan no los quería oír. Se bajó a la bodega y se sentó entre fardos. Todo le daba vueltas: así pues, Francisco no era tan malandrín como pensaban, al fin no quiso delatarlos; calló y calló para siempre.

Aquella noche se fue a dormir temprano; pero el sueño no acudía para cerrar sus párpados. Y no era el desvelo únicamente a causa de la muerte de Francisco; sino también porque recordaba unas palabras que le dijo su madre. No las podía olvidar: «Siempre, siempre castiga Dios cuando se obra mal.»

Según decían la peste era un castigo que del cielo bajaba y hería a los hombres como una lluvia de flechas envenenadas. La causa de tal castigo eran grandes pecados, y muy gran pecado era el suyo, porque siendo su corazón cristiano había judaizado. Quizás de aquella pestilencia fuera en parte culpable.

Con estos pensamientos tenía el alma apretada de angustias y sentía el cuerpo frío en los miembros y ardoroso en el rostro. Su corazón a veces latía apresurado y a veces marchaba tan despacio que casi se paraba. ¡Oh, Dios! ¿Qué iba a hacer ahora?

Decía el Padre Martín que para ahuyentar la peste, lo primero era pedir perdón a Cristo, y ya no pecar más. Perdón pedía a cada instante; pero, ¿cómo podía dejar de pecar, si su padre le obligaba a judaizar todos los días? ¡Oh, Dios! ¿Qué haría? Pensó en huir de casa y de Vitoria; pero luego se dijo que tal cosa no era posible porque levantaría sospechas. ¿Cómo podría explicar su padre su marcha si nadie pensaba que entre ellos hubiera desavenencias?

También pensó en aquella mujer, la madre de Francisco, que tanto había movido para hallar una prueba. Habría de recelar seguramente; quizás, partiendo él, hablara de ello con sus vecinos, y entre todos averiguaran alguna cosa. Y además tampoco podía partir en aquellos momentos cuando los brazos jóvenes eran tan necesarios para atajar la peste y ayudar a los médicos.

El alba lo halló con los ojos abiertos. Pero al alba ya había determinado aquello que iba a hacer. Debió determinarlo mucho antes: se olvidaría del miedo y miraría a su padre de frente, y sin bajar los ojos, para que él leyera en ellos que estaba del todo decidido, le diría: «Padre, soy cristiano, y no quiero seguir en las prácticas de la Ley de Moisés. Callaré cuando vos y vuestros amigos estéis en ellas; pero no he de rezar con vuestros rezos.»

¿Qué haría su padre? ¿Lo azotaría? ¿Maldeciría su nombre? Tenía miedo; pero ya estaba decidido.

Su padre hizo ambas cosas. Primero lo golpeó y luego lo maldijo.

Olvidó los golpes prontamente; pero las palabras que le dijo no iba a olvidarlas nunca:

«Hijo, eres de nadie desde ahora». «En mal día saliste del vientre de tu madre». «Que el pan que comas en mi mesa te sepa amargo, y que el vino se agríe entre tus labios antes de ser tragado». «Seguirás en mi casa porque nadie sospeche; pero no estarás en mi corazón.» «Tu nombre es para mí ya sólo una palabra sin sentido...»

Muchas y duras fueron sus maldiciones y todas dichas con dolor y con ira. Pero a pesar de todo, Juan sentía su corazón tranquilo, porque ahora ya podía orar a Jesús y a su Madre Gloriosa para que apartara aquel mal terrible de Vitoria.

De Isaac y Fernando recibió el consuelo que esperaba; tanto el uno como el otro aprobaron lo hecho, y ambos buscaron el modo de distraer y aliviar la congoja que sentía; y como además por aquellos días había grandes trabajos para hacer en Vitoria, Juan olvidaba a veces aquellas cuitas suyas para pensar en las cuitas de todos.

Y mientras tanto llegó junio, cargado de flores y de miedos. Los montes estaban inundados de aromas y alegrías de plantas; la ciudad, sin embargo, era un lugar sucio y desordenado en el cual nadie se preocupaba de otra cosa sino de espantar la muerte. En las calles se elevaban hogueras, alimentadas con hierbas olorosas de esas que tenían la virtud de purificar el aire. Nunca se apagaban. Cuando alguien pasaba junto a ellas, arrojaba a las llamas un puñado de salvia, laurel, sándalo... En las casas también se hacían cocimientos de hierbas de los montes.

La gente trataba, además, de protegerse de otras formas. Los ricos llenaban sus dedos de sortijas y sus cuellos de pesadas cadenas de las que pendían esmeraldas, rubíes, diamantes, amatistas... porque las piedras preciosas tenían virtudes contra el mal. Los pobres se colgaban del cuello una ristra de ajos, un saquillo con polvos aromáticos, o un paño empapado en vinagre, que también tenían algunos poderes para evitar la peste.

«Sobre todo el solimán (1)», decía el padre de Isaac. «No hay mejor prevención contra la peste que llevar solimán cerca de los lugares donde salen las bubas».

Pero, a pesar de humos, de piedras, de hierbas y de

(1) Solimán o sublimado corrosivo: combinación de cloro y mercurio, en forma de polvo blanco, venenoso, utilizado como desinfectante enérgico.

solimán, la peste era un mal corredor y codicioso, de forma que el número de los enfermos aumentaba cada día.

Los médicos iban de uno en otro sin tomarse descanso. Ninguno se marchó, que al fin a don Jacob, el llanto de los niños se le metió en el alma.

Isaac, que quería ser físico, estaba entre ellos con frecuencia, y como él estaba, estaban también Fernando y Juan. Y así los tres ayudaban a sajar abscesos y bubas, y a sangrar de sangres malas a aquellos que tenían en el cuerpo la señal de la sangre detenida.

Cosas de hombres eran; pero en aquellos días los mozos hubieron de crecer a golpes de dolor y de muerte. Aunque no todos, porque también los hubo que volvieron la espalda a uno y a otra, como si no existieran; y así decían: «Aprovechemos los días de la vida, sin perder ni uno solo de los goces que pueda brindarnos.» Cantando y riendo estaban a todas horas en calles y plazas, sin pensar en el aire con ponzoña ni en el dedo descarnado de la muerte.

Mientras tanto se hacían rogativas en todas las iglesias y el nombre de Dios estaba en muchos labios:

«¡Oh, Dios, misericordioso! ¡Oh, Señor, perdona nuestras culpas y sálvanos de la muerte!».

Verdaderamente Vitoria en junio era un extraño lugar: de risas y de rezos; de miedos y de llantos; de suciedad y animales inmundos (1) corriendo por las calles; de flores y humos aromáticos...

Un día Isaac, Fernando y Juan se subieron al monte para respirar un poco de aire puro, que entre aires contaminados andaban todo el día; pero sobre todo para dar alivio a sus ánimos, cansados ya de trabajos y penas.

«Llevad algunas viandas para comer y pasad en el monte toda la jornada. Sosegad el espíritu y no penséis en otras cosas» —les dijo el padre de Isaac.

Y eso trataron de hacer; mas no les fue posible.

—*«Abenámar, Abenámar...»* —comenzó a cantar Fernando; pero dejó el romance apenas iniciado.

No, ya nada era lo mismo, porque allá abajo divisaban Vitoria empenachada de humos, que hacia el cielo subían, procurando ahuyentar a la muerte. La muerte estaba cerca, y aunque quisieran olvidarla, no podían conseguirlo.

—¿Nos vamos? —preguntó Isaac.

—No hemos probado las viandas —dijo Fernando.

—Yo no siento deseos de comer —dijo Juan.

—Ni yo.

—Ni yo tampoco.

—Entonces, vámonos.

Ya iban a marchar cuando los vieron. El uno llegaba

(1) Realmente, eran las pulgas de las ratas las transmisoras de la peste; aunque entonces nadie lo sabía.

por el sendero de la derecha, el otro por el de la izquierda. Ambos caminaban deprisa; pero con precaución, mirando a todas partes.

Isaac, Fernando y Juan se ocultaron detrás de las rocas. No para atisbar el encuentro, sino para no estorbarlo, pues seguros estaban de que si llegaban a verlos, cada uno se iría por su lado, sin mirarse siquiera; y bien sabían de qué manera don Gonzalo de Mendoza y Sara deseaban encontrarse.

El primer abrazo fue intenso y largo. Tras él se separaron un momento para mirar cada uno el rostro del amado, y así estuvieron durante algún tiempo, con las manos unidas y los ojos clavados en los ojos del otro. Luego se abrazaron de nuevo, y enseguida comenzaron a marchar en direcciones opuestas. Sus pasos eran lentos y desganados. Andando un trecho, se volvían y se miraban, hasta que un recodo del camino los separó del todo.

Apenas se hubieron ido, Isaac, Fernando y Juan salieron de detrás de las rocas. Isaac miró primero hacia el camino y luego a sus amigos con los ojos brillantes y un algo emocionados:

—Seguramente se escapan a los montes cuando pueden. Es extraño, me han vuelto las ganas de comer —dijo.

—Y a mí también —añadió Fernando sacando las viandas.

—Por fin hay algo que no cambió en Vitoria a pesar de la peste —susurró Juan, mirando al lugar donde estuvieron antes los dos enamorados.

17 El final de la peste

TRANSCURRIDOS diez días de junio, sopló sobre Vitoria un viento seco (1) que en poco tiempo limpió el aire de impurezas, y después de una semana sin que nadie enfermara, los médicos dieron cuenta al Concejo de que aquel mal de la peste ya había pasado.

Entonces sonaron a la vez las campanas de todas las iglesias y se encendieron cientos de luminarias. Vitoria se alegraba con luces y repiques, y oraba al Señor que envía los males y luego los recoge. Los cristianos cantaban himnos de alegría y agradecimiento: «Te Deum Laudamus...»

«¡Oh, Adonai, inmensa es tu misericordia!», alababan los judíos en la sinagoga.

Pero pasados los primeros alborozos recordaron éstos su próxima partida, y una nueva tristeza y un nuevo temor, distintos a los que antes tuvieron, aunque

(1) La peste se daba en tiempo húmedo y templado.

también muy hondos, se adueñaron de sus corazones.

Mas todavía les quedaba un algo de esperanza:

«Quizás en el último momento...», decían. Sin embargo, los reyes no revocaron el edicto, y noticias llegaron de que no lo revocarían de ninguna forma. Después se supo que el Rabino Mayor, don Abraham Senior, se había convertido al cristianismo con toda su familia. Por tanto, nada cabía hacer ya sino partir o convertirse.

El padre de Isaac se dirigió una tarde, azul y calmada, a casa de la madre de Fernando, e Isaac caminaba a su lado. Los dos marchaban en silencio, pues les dolía contemplar aquella atardecida tan hermosa, porque tenían conciencia de que muy pronto les serían ajenas y lejanas todas las atardecidas y cualquier otra cosa de Vitoria.

Fernando, su madre y sus hermanos los recibieron con muestras de mucha amistad, aunque se extrañaron un tanto, pues no solía ser el médico muy dado a las visitas y en la casa no había nadie enfermo.

—Hoy vengo a causa de un negocio —explicó don Abraham, y luego añadió dirigiéndose a la madre—. Isabel, ¿me das tu asno a cambio de mi viña?

La madre de Fernando abrió de par en par los ojos:

—¿Un asno a cambio de una viña? Mal negocio me parece, don Abraham.

—No puedo llevármela conmigo, ni el oro (1) que valiera. Y además no quiero que las tierras que fueron de mis padres caigan en malas manos. Quédate con la viña, lábrala con tus hijos, y cuando tengas las uvas en las manos, piensa en éstos tus antiguos amigos.

—Yo siempre habré de recordaros, a vos, y a mi buen Isaac, que es casi como un hijo, pues con la leche de mis pechos le entregué una parte de mi corazón —respondió la mujer dando rienda suelta a las lágrimas.

Pero no eran ella sola y su familia los que se afligían, había otros muchos cristianos en Vitoria que sentían también aquel gran dolor de los judíos.

«Convertíos y conservaréis vuestras casas y vuestras tierras», les decían.

Y ciertamente hubo algunos que en los últimos días cambiaron de religión para seguir en sus tierras y conservar las casas en las que nacieron, y mudaron de rezos por ver sus campos florecidos en cada primavera. Otros, sin embargo, continuaron firmes en la fe de sus padres, y trocaron lo poco o lo mucho que tenían por cosas que les fueran útiles para la marcha. Y así se hicieron en Vitoria trueques muy extraños en los últimos días de junio: un asno a cambio de una viña, una pieza de tela a cambio de una casa, dos mantas por una huerta...

La tarde del veintiséis, que era la víspera de la jornada de partida, Isaac y su padre subieron a Judizmendi. Hallaron allí a muchos de sus vecinos; pero nadie

(1) Los judíos no podían llevarse ni oro, ni plata, ni joyas, solamente letras de cambio.

veía a nadie, sumido como estaba cada cual en el recuerdo y dolor de sus muertos. A despedirse iban todos de aquellos a quienes habían querido, y mayor era su pesar por dejar a solas sus restos que por abandonar sus hogares y tierras.

Con el alma henchida de pesares, Isaac y su padre buscaron entre tumbas:

«Raquel, esposa fiel y madre amantísima. Te fueron concedidos toda clase de bienes, mas tu vida fue breve. No muere para siempre la que fue bien amada.»

Allí estaba el sepulcro de su madre. Nunca la conoció, pero supo tanto de ella como si la hubiera conocido. Del amor que su padre le tuvo bebió el amor que él le tenía.

Miró las flores pequeñas que crecían orillando su tumba. Hijas eran de la tierra que cubría sus huesos. En cada flor había algo del cuerpo de su madre, y en el aire quedaba un algo de su espíritu, porque los espíritus suben hasta lo alto, pero una parte de ellos se queda entre los hombres para darles consuelo.

—Adiós, madre, tenemos que partir. Quizás no volveremos nunca. No olvidaré este monte, ni estas flores pequeñas que nacieron de ti —musitó de labios hacia adentro.

Luego miró a su padre. Acariciando estaba la estela de piedra que recordaba a aquella a la que tanto amó. Sus labios se movían; Isaac entendió sus palabras, de amor y de alabanza eran: *«Una mujer perfecta, ¿quién la hallará? Vale mucho más que las perlas. Confía en ella el corazón de su marido...»*.

Bajaron en silencio de Judizmendi, marchando con pasos lentos y tristes. Y al mirar hacia Vitoria vieron el cielo enrojecido; pero no era a causa del sol que ya caía, sino a causa del fulgor de un fuego ancho y alto que se alzaba de la tierra a las nubes.

Corrieron hacia la ciudad, sin saber de dónde provenía exactamente ni si algunos de sus amigos estaban en peligro.

En la Judería, el fuego corría de casa en casa, mas nadie hacía nada para apagarlo. Caían balcones y techumbres, las llamas crepitaban cual bocas de dragones devorando todo cuanto hallaban sus fauces; mas hombres y mujeres, con los brazos cruzados, nada hacían para arrebatarle alguna de sus presas.

Isaac tenía los ojos espantados.

—¡Nuestra casa, el fuego se le acerca! —gritó.

Su padre lo miró y su mirada detuvo los pasos que él ya tenía iniciados para tratar de apagar el fuego. Los ojos de su padre decían: «Prefiero que se queme.»

A su lado, un hombre muy anciano susurraba:

—Mi casa ya no será de nadie.

Isaac observó que en su boca había una extraña sonrisa y en sus ojos un brillo de triunfo.

Entonces las sospechas inundaron la mente y se preguntó si aquel fuego había nacido solo o si alguien le dio vida.

El anciano seguía murmurando:

—De mi casa quedará únicamente la tierra que sustentó sus muros, y aunque corriendo el tiempo, levanten otra casa, ya no será la misma...

Isaac miró a los ojos de los que estaban cerca; intentaba leer alguna cosa en ellos: ¿Habría sido aquel hombre quien prendió el fuego? Nada pudo saber, porque los ojos no le decían nada; pero en todos había extraños reflejos luminosos y quizás algo húmedos. Cuando el fuego cesó, Isaac y su padre no quisieron marchar a casa de vecinos. Pasaron la noche mirando a las estrellas, lo más cerca posible de su casa destruida. Un penacho de humos y recuerdos subía hasta lo alto.

Isaac no se podía dormir, pensaba en la partida: «¡Mañana!». De sobra sabía él que todos pensaban en mañana. Quedaba poco tiempo para estar en Vitoria, no quería perder ni un instante siquiera en los brazos del sueño. Y la noche pasó desgranando horas tristes; al fin se hizo la luz, el alba alboreaba e Isaac sintió el alma asustada y dolorida, pues ya era mañana.

Con el canto del gallo se despertó Vitoria, y ladraron los perros como todos los días; lloró un niño a lo lejos. Oyó voces y rumores de puertas que se abrían, sonaron las campanas llamando a misa de la aurora, y se alzaron los vuelos de los pájaros...

Si no fuera por las casas quemadas, todo parecía lo mismo que otras amanecidas; sin embargo, qué alba de pesares era aquella, y qué desasosiego se sentía en el espíritu, y qué enorme extrañeza. ¿De verdad era cierto? ¿El día de partir era ese mismo día? Casi tenía ya los pies en el camino y aún no podía creerlo.

18 La gran promesa

—ISAAC, la hora ya ha llegado, vámonos, hijo mío.

—Espere todavía un poco, padre, y mire lo que he encontrado entre las cenizas; la había perdido y me la encontró el fuego.

Era una peonza, vieja, sucia, rota; de nada servía, pero Isaac la guardó con gesto amoroso. Su padre le puso una mano en el hombro y miró tristemente, primero a la peonza, y luego a las cenizas y a los muros partidos de lo que fue su casa.

—Tenemos que partir, el asno está ya aparejado y se impacienta —dijo tras breve pausa.

—Será porque no sabe hacia dónde nos dirigimos.

—Tenemos que partir, Isaac —repitió su padre.

Sí, tenían que partir, el tiempo se les había terminado; pero qué difícil era. Los pies se negaban a comenzar la marcha.

A todos los judíos les ocurría lo mismo, y todos los judíos miraban a sus casas o a lo que de ellas quedaba, con tanta intensidad como si quisieran grabar sus imágenes dentro de sus corazones. Y todos buscaban excusas para retrasar, unos instantes siquiera, aquella partida que tanto les dolía.

Pero los rabinos alzaron sus voces: «Partamos, hermanos, que Adonai nos guía», dijeron, y luego entonaron cantos e himnos al Dios en el que confiaban. Tras ellos, cantando, marcharon los judíos, dejándose detrás todo cuanto querían.

En las puertas de la Judería los esperaban algunos cristianos. Esos que durante años fueron sus amigos. Querían marchar a la par que ellos, al menos un trecho de camino, para hacerles compañía y aliviar sus tristezas, si era posible.

Al encontrarse, cesaron los cantos, y por un momento se miraron en silencio. ¿Qué podían decir? Al fin tomó la palabra Juan Martínez de Olave, que era procurador de la ciudad de Vitoria:

—Nos aflige esta aflicción vuestra —les dijo y luego añadió—. Si en algo podemos darles un poco de alivio, decídnoslo presto. Hay en nuestros pechos hondos sentimientos de gratitud, pues en los días terribles del mal de la peste, fueron vuestros físicos los que con su ciencia salvaron las vidas de nuestros vecinos, con grave riesgo de las suyas. No lo olvidaremos, y os repito, amigos, ¿hay algo que ahora os alivie trabajos o pesares?

Los judíos deliberaron por un breve tiempo.

—Lo hay —respondió Mosén Balid, que había sido juez en la Judería.

—Os solicitamos que el campo de Judizmendi, donde reposan los restos de nuestros hermanos que nos precedieron en la muerte, quede siempre libre del arado y de la azada, tal como ahora está —añadió don Ismael de Moratán, que era regidor de la comunidad.

—Os empeño mi palabra de que así ha de ser, ahora y siempre; en esta generación y en las que vengan. El campo de Judizmendi nunca será labrado —prometió el procurador en nombre de la ciudad de Vitoria.

—En tal confianza hacemos donación a la ciudad de Vitoria del que llaman Monte de los Judíos, para que sea guarda de su tierra; de ella puede tomar solar y pasto para animales, mas sin herirla —dijo con palabras emocionadas don Ismael de Moratán.

Luego firmaron acta de donación (1) para que las generaciones venideras tuvieran noticia cierta de lo acordado en aquel día 27 de junio de 1492, y enseguida, con los ánimos un tanto más ligeros a causa de tal gesto, emprendieron la marcha para siempre.

Juan y Fernando caminaban entristecidos al lado de Isaac. No hablaban entre ellos porque no hallaban palabras con las que expresar lo que sentían.

Cuando pasaban entre las viñas granadas, que hasta hacía muy poco fueran suyas, muchos judíos toma-

(1) El acta de donación fue firmada realmente algunos días antes de la salida de España.

ban un puñado de tierra y la guardaban en una bolsa de cuero que llevaban colgando del cuello, y algunos también comían uvas pequeñas y ácidas, que aún no estaban en sazón y no eran agradables para el paladar; pero ellos las saboreaban porque era la última vez que comían los frutos de sus tierras.

Se dejaron las viñas atrás y, después de un trecho de camino, un anciano se detuvo un momento y volvió la vista, Vitoria ya quedaba lejana; aquel hombre no pudo resistirlo y cayó herido de tristeza.

Don Abraham corrió a prestarle ayuda:

—Tened ánimos, que habréis de reponeros —le dijo.

Mas él negó con la cabeza:

—No quiero reponerme. Quedaré para siempre en tierras de Vitoria; pero no me tengáis compasión, pues para mí, morir hoy, es vivir —y diciendo esto, sonrió.

Don Abraham apreció que en sus pulsos no quedaban latidos. Era un hombre muy viejo, y detrás se dejaba todo cuanto él amaba; partido se le había el corazón; mas murió mirando hacia Vitoria con ojos de alegría.

Unos muy buenos amigos suyos, todos cristianos, lo llevaron de vuelta a Judizmendi.

Los judíos siguieron el camino. Ahora marchaba entre encinas. Tristes eran sus cantos y tristes eran también los sonidos del pandero que los rabinos se empeñaban en seguir tocando.

—Cantad, cantad, hermanos, que Dios nos acompaña —decían éstos para así darles ánimos.

Pero muy pronto los cantos se interrumpieron y otra vez se detuvieron los caminantes. La causa era una mujer muy joven, casi una niña, que se sujetaba con las manos el abultado vientre y gemía.

—¡Ay, ay, no puedo caminar, que me llegó la hora! —gritaba.

Otras mujeres formaron un corro alrededor de ella y le dieron auxilio; pero sus gemidos eran cada vez más seguidos y desesperados.

Isaac, Fernando y Juan tenían los ojos de par en par abiertos; temían que también ella se dejara la vida en el camino.

—No morirá, es fuerte y joven —les dijo don Abraham—. Parir es cosa natural aunque muy dolorosa. Ella se desespera porque padece; pero luego, cuando nazca su hijo, cesarán los dolores por completo y su vientre quedará libre de todo aprieto. Es algo natural, os lo repito. ¿No es cierto, Rebeca? —añadió con una extraña sonrisa, dirigiéndose a otra mujer, ya no tan joven, que tenía también el vientre henchido.

Rebeca rió sin decir nada y don Abraham continuó la plática en un tono que parecía de chanza:

—Pues cuida tu preñez, mujer, no sea que nazca la criatura antes de tiempo.

—No tengáis cuidado, don Abraham, que esta criatura mía nacerá en el preciso momento en que lleguemos a Bayona —dijo ella marchándose.

Los tres muchachos advirtieron que al andar su vientre se movía y que un leve y metálico sonido salía de él. No podían entender qué era aquello y miraban a don Abraham con estupor.

—Ese niño es de oro —dijo él, aumentando el asombro de los mozos.

—Esa mujer lleva cosidas a las vestiduras varias bolsas de monedas, además de otras cosas —explicó el médico con ojos de sonrisa.

Y también sonrieron, por primera vez en el día, los ojos de Isaac y los de sus amigos.

—Pues mirad a aquel hombre pequeño, de barba rojiza y bien poblada, le ha salido de pronto una joroba —añadió.

—¿También de oro? —preguntó Juan.

—También de oro; y a aquel otro alto, de gran panza, al llegar a Bayona he de darle una purga; mas el desecho de su cuerpo no irá a un vertedero, sino que lo guardará él con cariño en un arca que ya tiene dispuesta.

Los mozos miraron al médico como si se hubiera vuelto loco.

—Tragóse el oro —dijo don Abraham, e iba a seguir hablando; pero calló de súbito. Y todos callaron también porque un niño lloraba, y era aquel llanto el de empezar la vida.

Debajo de una encina, todavía en campos de Vitoria, nació un pequeñuelo judío, que apenas se asomaba a su tierra, ya tenía que dejarla. Quizás por eso lloraba con tanto desconsuelo.

La madre, pasados los últimos dolores, tomó al hijo en los brazos y cantó para calmar su llanto:

«Callad, fijo mío chiquito,
que vuestro dolor durará poquito.
Ángeles del cielo, venid con premura,
dad consuelo a este mozuelo.
Callad, fijo mío chiquito,
que vuestro dolor durará poquito.»

Una canción de cristianos era aquella. La mujer debió oírla de alguno de sus amigos o aprenderla cuando era niña; pero esto en nada pareció molestar a los judíos, una canción de su tierra era, de la tierra que ahora dejaban para siempre.

«Callad, fijo mío chiquito,
que vuestro dolor durará poquito...»

Cantaron suavemente cristianos y judíos a la par que la madre.

«Ángeles del cielo, venid con premura,
dad consuelo a este mozuelo.»

El murmullo de aquel canto, derramándose en la mañana de junio, dio consuelo a muchos otros llantos.

Y nuevamente marcharon; la mujer iba con el hijo en

los brazos, en una litera improvisada que portaban su marido y algunos otros varones, sus amigos.

Atrás quedaron también las encinas de Vitoria, y los cristianos tuvieron que emprender el camino de vuelta. Era la hora de las despedidas:

«Adiós, Miguel.» «Adiós, Samuel.»

«Adiós, Aldonza.» «Adiós, Judith...»

Isaac, Fernando y Juan, que marchaban un tanto rezagados, pues de este modo retrasaban el momento de la separación, vieron de pronto debajo de una encina a don Gonzalo de Mendoza y a Sara, la hija de don Samuel de Levián; también marchaban a la zaga. Ella lloraba y él le besaba los dedos uno a uno; ella se debatía para seguir el camino y él no quería dejarla.

—¡Oh, Dios, cuánta tristeza! —susurró Juan con honda pesadumbre.

—Y era amor verdadero —murmuró Fernando.

Y de pronto, don Gonzalo, con súbito impulso, quebró su espada y la tiró a un lado del camino. De este modo, por haberla quebrado sin otro motivo que el querer hacerlo, también quedó quebrada su hidalguía. Después tomó a Sara dulcemente por el hombro y reemprendieron la marcha los dos juntos. Ya no era caballero, sólo caminante.

—Sí, era amor verdadero —dijo Isaac a sus amigos, y se fundió con ellos en un estrecho abrazo de despedida.

Isaac marchó, y Fernando y Juan quedaron a orillas

del camino, mirándolo; sentían que en algo ya no eran los mismos.

Los judíos cantaban alejándose, y Juan y Fernando volvieron a Vitoria con el eco del canto en los oídos:

«El Señor es mi pastor,
nada me faltará,
a lugar de frescos pastos me conduce...»

Ya en la ciudad, al pasar por la Judería, aumentó la muy honda tristeza que invadía sus almas. El silencio era tanto que asustaba.

Fernando no pudo resistirlo:

—No vayamos a casa todavía. Marchemos, no sé a dónde, pero marchemos juntos —pidió con voz entrecortada.

Y marcharon sin rumbo y sin palabras por Vitoria; al pasar por delante del convento de los Dominicos, los monjes recitaban el canto de las horas. Era un canto que Juan y Fernando conocían. El latín subía solemne y misterioso desde la tierra al cielo; pero en algo podían entenderlo (1):

«El Señor es mi pastor,
nada me faltará,
a lugar de frescos pastos me conduce.»

Al oírlo, Juan sintió que su tristeza se derretía en llanto.

---

(1) Los religiosos cristianos también cantaban, y cantan los salmos en sus lugares de rezos.

A manera de epílogo

Promesa cumplida

Año de 1493

Hubo un hombre que para su provecho quiso comprar el campo de Judizmendi.

Olvidó la promesa, o no la tomó en cuenta, que su pueblo hiciera a aquel otro pueblo que en Vitoria tuvo muy hondas raíces durante varios siglos. Ese pueblo que ahora marchaba por el mundo, guardando en el alma recuerdos queridos y llorando ausencias de Sefarad (1).

Pero aquel hombre no consiguió lo que se proponía:

«La palabra que empeñamos nos sigue obligando», dijeron los que tenían en sus manos el gobierno de la ciudad.

Y Judizmendi continuó siendo un lugar de silencio y reposo, un monte sagrado cubierto de hierbas olorosas y viejas losas de piedra que tenían grabados nom bres de judíos.

---

(1) España en lengua hebrea.

Año de 1592

Pasaron cien años. El mes era mayo. La hora de tarde vencida. El sol se ocultaba. Un viejo pastor tocaba la flauta, sonaban cencerros, cantaban los pájaros... ¡Paz de Judizmendi! Nada la turbaba, ni flauta, ni cantos de pájaros, ni son de cencerros. Y la tierra todavía era virgen.

Año de 1692

Un hombre cultivó una huerta junto a Judizmendi. La tierra del huerto era seca y áspera; en cambio la tierra del monte era suelta y húmeda. Y como aquel monte ya no era de nadie, el hombre pensó que no hacía mal abriendo una acequia para llevar agua desde arriba abajo.

El hombre no sabía nada de antiguas promesas, pues llegó a Vitoria hacía poco tiempo.

Un día subió al monte con pico y azada; mas como la hierba estaba crecida, primero dispuso cortarla, al menos en parte.

La hierba caía y el hombre asombrado dejó al descubierto una piedra plana que estaba labrada con signos que no comprendía, pues nunca entendió de letras ni números.

Era un hombre curioso, y quiso saber, por eso se llegó a su casa y regresó al monte con un hijo que entendía de letras.

El mozo leyó:

«Aquí yace Judith, la hermosa,
Yahvé la tomó temprano.
Bendito sea por siempre el nombre del Señor.
Su cuerpo tuvo la ligereza del ciervo
cuando se aproxima a las aguas.
Sus manos semejaban alas de paloma.
Sus ojos tuvieron la luz de la primera estrella
y sus labios la frescura del alba.
Judith, que tu espíritu descanse para siempre,
que tu cuerpo sea tierra de la tierra
y florezca de nuevo en cada primavera.»

El hombre no se atrevió a quebrar la tierra donde Judith, la hermosa, seguía floreciendo. Más tarde supo de aquella promesa que hicieron cristianos antiguos a antiguos judíos.

Los años siguieron pasando. Judizmendi se había convertido en lugar de juegos y ocios. Allí reían los niños o se peleaban; los enamorados se hacían promesas eternas; ancianos, al sol, hablaban de cosas pasadas... ni risas, ni amores, ni bellos recuerdos, rompían el sosiego de los que en la tierra hallaron reposo hacía varios siglos. Muy por el contrario, si aún había en el aire un algo de ellos, los viejos espíritus gozarían oyéndolos.

Año de 1851

Un día de abril, se rompió de pronto la paz de los muertos. Pero sucedió sin que hubiera ofensa. Pues a un hombre, que estaba labrando un campo cercano, se le fue el arado, y sin que él quisiera, quedó el monte herido, y los viejos huesos fuera de sus tumbas; sin embargo, muy pronto otra vez volvieron a la tierra donde reposaban.

De este modo fue quebrado el monte, mas no la promesa.

A partir de entonces, el monte judío se orilló de álamos, que fueron plantados para marcar límites y para dar sombra a antiguos espíritus y antiguas palabras.

Año de 1952

Judizmendi ya no es solamente un monte de espíritus que está rodeado de campos y huertos, Vitoria ha crecido y ahora el cementerio se alza en su centro, como una bandera enhiesta en el tiempo. La ciudad se para; la antigua promesa detiene el progreso.

Silencio de siglos, palabra empeñada por labios antiguos, un campo de muertos, tierra prohibida... eso es Judizmendi.

27 de junio de 1952

27 de junio, Judizmendi. Hoy es un día distinto, judíos de Bayona, que son descendientes de aquellos que siglos atrás dejaron sus casas para no volver, están en Vitoria; traen entre las manos tijeras para cortar lazos que ataron promesas.

Hace 460 años un judío habló a los cristianos en nombre de todos; hoy otro judío, también en nombre de todos, toma la palabra:

«Durante generaciones habéis mantenido el respeto a nuestros muertos. Recibid por ello nuestro agradecimiento y las bendiciones de nuestro Dios...
Nosotros comprendemos la vida moderna con sus deseos, necesidades y exigencias.
Hoy los miembros del Consistorio de Bayona devuelven a los representantes del Ayuntamiento de Vitoria la palabra dada en 1492...
Ahora vosotros nos habéis prometido que los restos de nuestros antepasados serán recogidos piadosamente y reunidos bajo una estela conmemorativa. Esta estela os recordará la larga estancia sobre la tierra y bajo la tierra de nuestros hermanos de religión y os dirá que la comprensión y el reconocimiento no son palabras vanas...» (1).

27 de junio de 1952, 460 años han transcurrido desde aquel otro 27 de junio. Hoy es un día hermoso: EL TIEMPO PASÓ, MAS NO LA PROMESA.

---

(1) Fragmento del discurso pronunciado por Benjamín Gómez, judío sefardita, presidente del Consistorio israelita de Bayona.

Año de 1990

Sobre un altozano se alza un colegio. Lo rodea un jardín. Hay risas de niños y sombras de álamos. Judizmendi, tierra fecundada por restos de aquellos que la amaron siempre, palabras escritas en piedra, recuerdos de una promesa que un pueblo hizo a otro. Algo tan hermoso no debe olvidarse nunca.

La estela conmemorativa que hoy se alza en lo que fue Monte de los Judíos dice lo siguiente:

> *«En este lugar estuvo el cementerio israelita que la Aljama de Vitoria cedió perpetuamente a la ciudad el 27 de junio de 1492.*
> *La ciudad y su Ayuntamiento respetaron lealmente las condiciones de la cesión durante 460 años, hasta que en 27 de junio de 1952 fue Vitoria liberada de ellas por el convenio suscrito en esta fecha por el Consistorio israelita de Bayona (Francia).»*

Nota de la autora

Este hecho, de una antigua promesa jamás quebrantada, está recogido en libros y documentos. Es por tanto, absolutamente cierto. Auténticos son los fragmentos del discurso pronunciado por el representante de la comunidad de Bayona en 1952, y la transcripción de las palabras grabadas en la estela conmemorativa. Sin embargo, la causa de dicha promesa, es decir, la epidemia de peste y la permanencia de los médicos en Vitoria está recogida sólo en algunos textos que hablan de la expulsión, pero ha sido una constante en la tradición de los judíos de Bayona, que son descendientes de los que salieron de España en 1492. De todas formas, el hecho de que la promesa se hiciera y se mantuviera durante siglos, fuera la que fuese su causa, indica que algo muy importante debió suceder en la ciudad de Vitoria durante el siglo XV, y que la relación de amistad entre ambos pueblos debió ser profunda.